KU-656-875

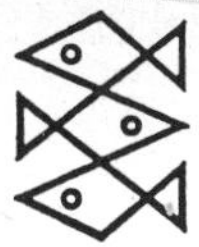

Über dieses Buch Sechzig Jahre lang war Arthur Schnitzlers ›Reigen‹ nicht auf der Bühne zu sehen. Nach zwei skandalbegleiteten Aufführungen in Berlin (1920) und Wien (1921) hatte Schnitzler jede weitere Aufführung des ›Reigen‹ verboten. Nachdem mit dem 31. 12. 1981 – 50 Jahre nach dem Tod des Autors – die Urheberschutzfrist in den an das deutschsprachige Gebiet angrenzenden Ländern ablief, entschloß sich Heinrich Schnitzler, Sohn und Nachlaßverwalter Arthur Schnitzlers, die Aufführungssperre für Länder mit längerer Urheberschutzfrist, wie Deutschland und Österreich, aufzuheben. Seit dem 1. 1. 1982 gibt es nun wieder so etwas wie eine fortgesetzte Aufführungsgeschichte des ›Reigen‹. Das Stück, zeigt sich, hat auch nach sechzig Jahren nichts von seiner Aktualität eingebüßt.

»Die beiden kleinen Stücke, die hier miteinander gesellt sind, sein [Schnitzlers] berühmtestes und sein berüchtigtstes, scheinen sich schlecht miteinander zu vertragen: die gemütvolle ›Liebelei‹ und der ungemütliche ›Reigen‹, die rührende Tragödie und das ›zynische‹ Satyrspiel, das eine ein Volksstück, gesättigt mit Lokalkolorit – es gibt keine Dichtung, in der mehr Wiener Luft wehte – mit allen öffentlichen Ehren im Burgtheater aufgeführt, das andere als Konterbande lange im Schreibtisch des Dichters versteckt und von Ärgernissen und Skandalen umwittert. Und doch sind sie in engster Nachbarschaft entstanden... ›Und wann kommt der nächste Liebhaber?‹ – in dieser gellenden Frage reißt ein Abgrund des Grauens auf, die Ahnung der Wiederholbarkeit des Unwiederholbaren. Ist so das Leben? Dann mögen die Mizis, die Theodors sich damit abfinden, sie [Christine] will damit nichts mehr zu schaffen haben. Todesursache Liebe? Nein: Liebelei... Dies, wovor die arme Christine sich zum Tode entsetzt, die Wiederholbarkeit des Unwiederholbaren, nichts anderes ist das Thema des ›Reigen‹.« (Aus dem Nachwort von Richard Alewyn)

Günther Rühle skizziert in seinem Vorwort zum ›Reigen‹ die Geschichte dieses skandalumwitterten Stücks und gibt Hinweise zum heutigen Verständnis.

Der Autor Arthur Schnitzler wurde am 15. 5. 1862 in Wien als Sohn eines Professors der Medizin geboren. Er veröffentlichte zahlreiche Abhandlungen, u. a. auch zu Problemen der Psychoanalyse. Nach dem Studium der Medizin war er Assistenzarzt an der Polyklinik und dann praktizierender Arzt in Wien, bis er sich mehr und mehr seinen literarischen Arbeiten widmete. Er starb am 21. 10. 1931 in Wien: einer der bedeutendsten Erzähler und Dramatiker der Gegenwart. Im Fischer Taschenbuch Verlag erschienen: ›Gesammelte Werke in 15 Einzelausgaben‹: Das erzählerische Werk. Band 1 bis 7 (Band 1960–1966), Das dramatische Werk. Band 1 bis 8 (Band 1967–1974), ›Das weite Land‹, Tragikomödie (Band 7105), ›Casanovas Heimfahrt‹, Erzählungen (Band 1343), ›Jugend in Wien‹, Autobiografie (Band 2068), ›Fräulein Else und andere Erzählungen‹ (Band 9102), ›Die Hirtenflöte‹, Erzählungen (Band 9406), ›Doktor Gräsler, Badearzt‹, Erzählungen (Band 9407), ›Der blinde Geronimo und sein Bruder‹, Erzählungen (Band 9404), ›Flucht in die Finsternis‹, Erzählungen (Band 9408), ›Frau Berta Galan‹, Erzählungen (Band 9403), ›Der Weg ins Freie‹, Roman (Band 9405). Ferner erschien: Hugo von Hofmannsthal – Arthur Schnitzler ›Briefwechsel‹ (Band 2535).

ARTHUR SCHNITZLER

REIGEN

ZEHN DIALOGE

LIEBELEI

SCHAUSPIEL IN DREI AKTEN

Mit einem Vorwort von
GÜNTHER RÜHLE
und einem Nachwort von
RICHARD ALEWYN

FISCHER TASCHENBUCH VERLAG

›Reigen‹. 1896/1897 geschrieben, wurde 1900 als Privatdruck zuerst veröffentlicht (»Als unverkäufliches Manuskript gedruckt« in 200 Exemplaren auf eigene Kosten). Erste Buchveröffentlichung: Wiener Verlag, Wien 1903. Uraufführung der Szenen 4, 5, 6: München, 25. 6. 1903, Kaim-Saal; Uraufführung des vollständigen Zyklus: Berlin, 23. 12. 1920, Kleines Schauspielhaus.

›Liebelei‹ entstand 1894. Erstveröffentlichung: S. Fischer Verlag, Berlin 1896. Uraufführung: Wien, 9. Oktober 1895, Burgtheater.

188.–193. Tausend: Januar 1990

Erweiterte Neuausgabe
Veröffentlicht im Fischer Taschenbuch Verlag GmbH,
Frankfurt am Main, Oktober 1960

Lizenzausgabe des S. Fischer Verlags, Frankfurt am Main

Umschlaggestaltung: Rambow, Lienemeyer, van de Sand
Druck und Bindung: Clausen & Bosse, Leck
Printed in Germany
ISBN 3-596-27009-x

DER EWIGE REIGEN

Es war der Tag vor Heiligabend in dem von politischen Wirren erschütterten Jahr 1920. Ein aufregender Tag für das Kleine Schauspielhaus in Berlin, das in der Staatlichen Hochschule für Musik in der Hardenbergstraße sein Domizil hatte. Für den Abend war die Uraufführung eines dreiundzwanzig Jahre alten Stücks angesetzt, das noch tief in der inzwischen abgeschafften österreichischen Monarchie entstanden war: Titel ›Reigen‹. Der Autor war Arthur Schnitzler, dessen dramatisches Werk in Berlin durch die mustergültige Arbeit des Theaterdirektors Otto Brahm eindringlicher noch als in Wien gefördert und gezeigt worden war. Die Premiere war also nicht ohne Voraussetzung. Die lange Geschichte des von der Bühne zurückgehaltenen Stückes schürte die Erwartung. Da traf mittags der Spruch des Landgerichts III ein, der die Aufführung wegen Unzüchtigkeit des Textes verbot. Veranlasser der einstweiligen Verfügung war anscheinend die Direktion der Hochschule, die sich auf jenen Paragraphen des Mietvertrags berief, nach dem im Hause keine Stücke aufgeführt werden durften, die »in sittlicher, religiöser, politischer oder künstlerischer Beziehung Anstoß erregen« könnten. Der Fall war dennoch mysteriös. War wirklich der Direktor der Hochschule, der Komponist Franz Schreker, der mit seiner Oper ›Die Gezeichneten‹ doch auch die Macht von Eros und Sexus dargestellt hatte, der Veranlasser? Oder waren es – bei Abwesenheit des Kultusministers Haenisch – nicht Beamte im Kultusministerium, die – bei der Lektüre des ›Reigen‹ mehr von ihrer angstverstellten Libido als dem hohen Kunstwert des Stücks gepackt – das Verbot betrieben?

An diesem Nachmittag entschlossen sich die Leiter des Theaters, Maximilian Sladek und vor allem die Schauspielerin Gertrud Eysoldt, die seit ihrem Auftritt als Puck in Max Reinhardts ›Sommernachtstraum‹ 1905 in Berlin eine hochverehrte Person und in Schnitzlers ›Grünem Kakadu‹ eine starke Leocadia gewesen war, sich trotz Androhung von sechs Wochen Haft um das Aufführungsverbot nicht zu kümmern.

Abends trat Frau Eysoldt vor den Vorhang, sagte – auch gegen das Ministerium polemisierend –, daß sie den Kampf wagen wolle, und verwies darauf, daß im selben Saal wochenlang auch Frank Wedekinds ›Büchse der Pandora‹ ohne Beanstandung gespielt worden war.

Das Stück, das der Regisseur Hubert Reusch an diesem Abend zum erstenmal ganz sichtbar machte, hatte eine lange, die Verhältnisse selbst charakterisierende, auch von Skandal und Verbot nicht ganz freie Geschichte. Es war im Winter 1896/97 geschrieben worden. Der damals vierunddreißigjährige Schnitzler hatte vor einem Jahr mit der Aufführung von ›Liebelei‹ am Burgtheater seinen Durchbruch als Bühnenautor erlebt, er »sah das erstemal selbst, daß es ein wirklich gutes Stück« war. Das Zutrauen zu sich als Autor war wunderbar verstärkt. Die vehemente Liebesgeschichte mit der jungen, vitalen, fordernden Burgschauspielerin Adele Sandrock war beendet. Schnitzler, der sich immer wieder von den verschiedenartigsten Frauen angezogen fand, als wären an ihnen, wenn nicht das Leben selbst, so doch wenigstens dessen Kräfte, Energien und Facetten zu erfahren und zu studieren – Schnitzler versuchte zum erstenmal, dieses konfliktreiche Feld von erotischer Anziehung und Abstoßung, von Bindung und Preisgabe, Verführung und Verletzlichkeit, von Sehnsucht und Enttäuschung, Verlangen und Überdruß der bisher üblichen dramatisierenden Darstellung zu entziehen, es durchsichtiger zu machen auf seine normalen, gewöhnlichen, alltäglichen Vorgänge hin.

Im Brief an Marie Reinhard vom 18. Juli 1897, der kurz nach der Vollendung des ›Reigen‹ geschrieben wurde, formuliert er ein System seiner Arbeit: »Ich sehe eine gerade Linie: Märchen – Liebelei – Kind – Die Entrüsteten – von denen das erste die Liebe in ihrer Beziehung auf vergangenes, das zweite die Liebe als absolut gegenwärtiges, das dritte die Liebe in Hinsicht auf zukünftiges behandelt, während das letzte die Beziehungen zwischen Mann und Frau sozusagen endgültig, mit Heiterkeit und in ihrem ewigen Gegensatz zu der sogenannten Sittlichkeit schildern soll.« Die letzte Passage des Satzes könnte auch eine Beschreibung des ›Reigen‹ sein.

In dem nun auch formal kühnen Versuch, die ewige und illusionsfreie Form der »Liebe« zu beschreiben, war die biologische Mechanik nicht zu verschweigen, die die erotische Anziehung in uns in Gang setzt, die sich durch die Empfindungen der Lust, die sie auslöst, selbst listig verleugnet, indem sie mit dem Moment der Lust einen hohen sinnlichen Genuß, ja sogar Selbstwertgefühl und alle Momente der Lebenssteigerung verbindet. Über diese allgemeine Mechanik ist – wie wir alle wissen – im Zuge des Zivilisationsprozesses ein System von Begriffen, Wertvorstellungen, ja von Ideologie gesetzt worden, das sich in Wörtern wie Liebe, Treue, Ehre, Tugend, Reinheit, Sittlichkeit, Ehrsamkeit ausdrückt. Die Begriffe sind im Anspruch wie in der Phantasie beliebig steigerbar, und die bürgerliche Gesellschaft, die sie nicht erfand, hat sie doch in ihr System der Erziehung und Normierung der Verhaltensweisen so als absolute Wertvorstellungen eingefügt, daß sie – verinnerlicht – ihre eigene Heiligkeit bekamen. Als Schnitzler den ›Reigen‹ schrieb, hatte die bürgerliche Gesellschaft sie zu Normen des Lebensvollzugs selbst verfestigt.

Diese Ideologie der menschlichen Beziehungen und die sinnliche Lebenspraxis waren freilich nie kongruent. Immer wieder ist dieser »Heiligungsprozeß« der Liebesbeziehungen auch Verweigerungen, Abirrungen, Aufkündigungen, Erschütterungen und Eingriffen ausgesetzt gewesen. Das bürgerliche Drama ist der große Guck- und Beispielkasten dafür geworden. Von der ›Emilia Galotti‹ bis – ja, bis zu den ›Schwärmern‹ Musils, dem ›Schwierigen‹ von Hofmannsthal oder den dramatischen Liebesbegegnungen in Schnitzlers Stücken hin. Daß die Liebe als Drama, gar als Tragödie stattfand, ließ die bürgerliche Gesellschaft nur zu gern zu, sie ergötzte sich daran seufzend und mitleidend; denn hier war ihrem Kodex noch immer Genüge getan. Er mußte von der Bühne her erst in dem Moment als verletzt erscheinen, in dem das Dramatische nicht mehr die Höhe der Bestrebungen in der Liebe andeutete, sondern seine Reduktion auf das bloße Prinzip von Kontakt und Begegnung auch die biologische Mechanik wieder freigab, die ihm – bei allem Zauber der Begegnung selbst – auch zugrunde liegt.

Nicht ohne Grund kommt die Vokabel »mechanisch« im Wortmaterial dieses Stückes vor. Immer wieder reduziert sich die Sprache der in ihrer schönen, persönlichen Aura gezeigten Personen im bestimmten Moment auf ein einziges, immer gleiches motorisches Kommando, das »Komm, komm«, bevor die Sprache ganz versiegt und sich in der Reihe der Gedankenstriche auflöst, die aufs »Eigentliche« als etwas doch sehr Allgemeines verweisen.

Was Schnitzler in die Folge dieser entdramatisierten, zu puren »Begegnungen« reduzierten Liebesgeschichten, die den ›Reigen‹ ausmachen, einbrachte, ist nicht etwa intellektueller Zynismus der hohen bürgerlichen Begrifflichkeit gegenüber, sondern Erfahrung an sich selbst, und das heißt auch: Ent-Täuschung in der großen Täuschung der Leidenschaften. Das Tagebuch Schnitzlers ist wie ein Register seiner Beobachtungen an und mit sich selbst. Kurz nach der Vollendung des ›Reigen‹ heißt es zum Beispiel im Tagebuch: »Eigentlich sehne ich mich ein bißchen nach Y. – stark nach Risa; nach MZ II gar nicht – wollte lieber sie erst nachher sehen; eher Angst. – Oft komm ich mir vor – als wär ich das herzloseste, kälteste Individuum, nur von Begierden, kaum von Gefühlen, von Rührungen vielleicht, aber nie von Innigkeit bewegt.« (30.7.1897)

In der Szene: ›Das süße Mädel und der Dichter‹ hat er beschrieben, wie er sich selbst mitten im »Liebesgespräch« wahrnimmt und seine unverhofft schönen Formulierungen aufschreibt. Der Arzt in Schnitzler hat Beobachtungen und Diagnose des Dichters geprägt und bestimmt. Auch die der eigenen Person. Man darf gewiß sein, daß die Szenen ›Das süße Mädel und der Dichter‹ und ›Der Dichter und die Schauspielerin‹ ein Selbstporträt Schnitzlers in doppelter Belichtung durch andere Personen enthalten; und für den, der nur einige Erinnerungen an die Schauspielerin Adele Sandrock, an ihren Ton, ihren abrupten Witz, ihre fordernde Kraft und Körperlichkeit hat, ist auch diese Schauspielerin in diesen Szenen aufgehoben (was, nach dem Erscheinen des Briefwechsels mit Adele Sandrock auch bis in die Zitate belegbar ist).

Nicht diese persönlichen, autobiographischen Momente waren und sind freilich die »heiklen« und sensationellen an diesem Stück. Vielmehr war das Unerhörte jener radikale Verzicht auf die Bewahrung der Liebes- und Eheideologie und die Verweigerung des »Liebesdramas«, das, wie auch der Berliner Erfolg von ›Liebelei‹ ausweist – ja gern akzeptiert wurde. Unerhört war die Bloßlegung des allgemeinen und sehr gewöhnlichen Systems gegenseitiger Suche, vagabundierenden Verlangens nach Lustbefriedigung über alle durch die offiziellen Wertvorstellungen und Schichten gesetzten Grenzen hinaus. Wer nur das sah und sehen will, muß freilich, wie die sich gegen den ›Reigen‹ ins Zeug legende ›Deutsche Zeitung‹ in Wien, die hier »zehnmal den Fortpflanzungsakt geschildert« sah, die in allem gegenwärtige philosophische Frage: »Was ist Liebe?« verkennen. Diese Frage bestimmt aber alle Beobachtungen, und die Antwort, die sich gleichfalls durch alle Szenen zieht, ohne daß sie formuliert wird, ist die Trauer darüber, daß es das in der Liebe Verheißene eher als Erwartung als der Natur nach gibt. Auch die Worte des Grafen zur Schauspielerin »Glück gibts nicht. Überhaupt gerade die Sachen, von denen am meisten g'redt wird, gibts nicht... zum Beispiel die Liebe. Das ist auch so was«, sind der Schnitzlerschen allumfassenden Melancholie nicht fremd. Daß es ein Graf ist, der sie sagt, bedeutet nur, daß er der bürgerlichen Begrifflichkeit nicht unterlag.

Der ›Reigen‹ ist darum schrecklich und schön zugleich. Das Schreckliche im ›Reigen‹ sind die Gebärden des Verlangens, die jähen und schnellen Verwandlungen, ja der Zusammenbruch von bis eben noch deutlich wahrnehmbaren Personen, ihr Verschlungenwerden von der Gier der Körper – aus welch sprachlosem Dunkel die Beteiligten verändert, oft wie nun einander Fliehende wieder zurückkehren ins Licht. Das Schöne im ›Reigen‹ aber ist die Anmut, die Zuneigung der Individuen, das Komische ihrer Verwirrungen, die Bewahrung ihrer freundlichen Menschlichkeit, auch in der Ernüchterung. Alfred Kerr hat den ›Reigen‹ ein »Kleines Dekameron unserer Tage« genannt.

Schnitzler hat schon beim Niederschreiben dieses szenischen Rondos gewußt, an was er rührt. Im Brief an Otto Brahm vom

7. Januar 1897 schreibt er von seiner augenblicklichen Arbeit: »zehn Dialoge, eine bunte Reihe; aber etwas Unaufführbares hat es noch nie gegeben«, und Brahm schrieb bald darauf von »undruckbaren Skizzen«. Auch in Schnitzlers Verlag, S. Fischer, kam man zu dieser Meinung.

»Unaufführbar«, »undruckbar«. – Diese Wörter haben die lange Geschichte des ›Reigen‹ begleitet, wie sehr Schnitzler auch betonte, er glaube, dieser Szenen »Wert liegt anderswo als darin, daß ihr Inhalt den geltenden Begriffen nach die Veröffentlichung zu verbieten scheint«. Die »geltenden Begriffe« erwiesen sich aber doch als eine wirksame und weitreichende Macht. Sie hatten, wie sich bald zeigte, ihre Bataillone in den Zensurbehörden, Ministerien, in deutsch-völkischen, christlich-sozialen Vereinigungen, und ihre Schanzen waren Paragraphen und eine hartnäckig verdickte Vorstellung von öffentlich aufrechtzuerhaltender »Sittlichkeit«.

Die erste Öffentlichkeit

Die Geschichte der »Veröffentlichung« des Schnitzlerschen ›Liebesreigen‹ (Kerr empfahl den dann akzeptierten kürzeren Titel ›Reigen‹) ist ein Stück deutscher und österreichischer Kulturgeschichte.

Der ›Reigen‹ erschien im Jahr 1900 in Wien nur als Privatdruck, als »unverkäufliches Manuskript«. Es ging an die Freunde. Und die Freunde zeigten unterschiedliches Vergnügen. Rudolf Lothar schwelgte »mit innigstem Behagen an all seinen intimen Reizen«. »Wenn ich kann, werde ich mir das Buch in zarter Frauenhaut binden lassen.« Alfred Kerr, der schnell die Verdrehungen der menschlichen Natur im Zustand des Liebesgurrens erkannte (er war selber ein Gurrer), sah die »komische Kraft« im ›Reigen‹ als neuen Zug an Schnitzler. »Er zeigte früher die Herzen; diesmal die... Willenszentren. Einst hob der diable boiteux die Häuserdecken ab; Schnitzler nur die Bettdecken. Ein wundervolles Buch. Sein Wert liegt in den Lebensaspekten und der komischen Gestaltung... Man schreit beim Lesen.« Das sind charakteristische Reaktionen von der Innenseite der Gesellschaft von 1900, ihren Gourmets wie ihren Kritikern.

Kerr machte mit seiner Kritik den Lesern der ›Neuen Rundschau‹ (Jg. 11, S. 666) den Mund lang nach einem Text, den es nicht gab. – 1903 erst wurde er zugänglich in der ersten öffentlichen Ausgabe im Wiener Verlag; 40000 Exemplare. Er wurde gerühmt und war neuen Mißverständnissen ausgesetzt. Felix Salten schrieb einen Aufsatz ›Arthur Schnitzler und sein Reigen‹ – Schnitzler, der im ›Reigen‹ einen Schritt über sich hinaus gelangte, wehrte sich gegen den Freund, daß er in seinem Aufsatz als Kleinkunstmeister erscheine, immer noch im selben »Kastl« stecke, das ihn als »Dichter der süßen Mädl« festhalten wolle. Der Zorn war berechtigt. Und Schnitzlers Satz »Man ernenne doch endlich den Storch zum Ehrenbürger der Menschheit« läßt auf den Verdruß an der Prüderie schließen, die als Reaktion ebenfalls spürbar wurde und allenthalben die Sexualität als Lebenskraft verleugnete. Mit der zunehmenden und nach dem Verbot von 1904 heimlich nach Deutschland erweiterten Verbreitung des Buches kamen sogar Parodien auf den ›Reigen‹, aber auch Stürme der Entrüstung: Der ›Reigen‹ wurde ein bekanntes-unbekanntes Buch. Samuel Fischer wagte es auch 1908 in Deutschland noch nicht zu verlegen, weil hier die Zensurbestimmungen schärfer waren als in Österreich. So brachte von 1908 ab der Benjamin Harz-Verlag in Wien eine Auflage des ›Reigen‹ nach der anderen. Erst 1931 übernahm Schnitzlers Verleger S. Fischer den ›Reigen‹, nach der 100. Auflage. Und die 101. wurde nun schon beeinträchtigt von einer neuen Pression. Sie erschien ohne ein extra für sie gefertigtes Vorwort – aus Furcht, die Interpretation könne dem Antisemitismus, der sich nach dem ersten Wahlsieg der Nationalsozialisten 1931 verstärkte und Schnitzler längst als eine seiner vielen Zielscheiben hatte, Vorschub leisten.

Solche Vorsicht konnte sich damals – 1931 – freilich noch auf andere Erfahrungen gründen. Diese hingen mit der Geschichte des ›Reigen‹ auf dem Theater zusammen. »Unaufführbar« hatte Schnitzler 1897 seine Szenen genannt. Schon die Auseinandersetzungen, die der Privatdruck ausgelöst hatte, bestimm-

ten den Autor dazu, eine Aufführung zu verhindern. Am 25. Juni 1903 – als das Buch zum erstenmal öffentlich zugänglich wurde – führte der Akademisch-dramatische Verein in München die Szenen vier, fünf und sechs auf, später nahmen ›Die Scharfrichter‹ eine der Szenen in ihr Programm. Damit ist die »Theatergeschichte« des ›Reigen‹ bis zum Ende der Monarchien 1918 beschrieben. Mit der Revolution, der Einrichtung der Republiken in Deutschland und Österreich, fiel die Zensur. Aber es fielen – wie sich zeigte – nicht die Bastionen der sich »bürgerlich« oder rassistisch gerierenden »Sittlichkeitsverteidiger«.
Mit dem Ende der Zensur meldeten sich zugleich die Bewerber um die Aufführungsrechte für das ›heimliche Skandalstück‹. Max Reinhardt war einer der ersten. Der ›Reigen‹ gehörte in sein Deutsches Theater, aber auch das Trianon-Theater, ein Spezialhaus für frivole französische Schwänke, wollte das Stück. Die Ansprüche zeigen das Dilemma des ›Reigen‹. Der fiese Boulevard grapschte nach den Texten, nach ihrer entzündbaren Lüsternheit. Reinhardt sah das Kunstwerk, das dichte Gefüge der Wahrnehmungen und den Rang der Komposition. Aber Reinhardt dachte Anfang 1920 schon daran, seinen Platz Berlin zu räumen. Im Herbst ging er nach Wien. So kam Gertrud Eysoldt an die Rechte. Daß sie an jenem 23. Dezember 1920 einen enormen Mut zeigte, zahlte sich aus.

Die Aufführung und die Folgen

Die Bühne der Uraufführung war von Max Reinhardts Bühnenbildner Ernst Stern eingerichtet. Trotz der vielen unterschiedlichen Szenen gab es nur eine Dekoration; sie war verspielt-kokett, in einem hellgrünen Rahmen mit Blattornamenten, weißlich leuchtende Laternen links und rechts, wie der Augenzeuge Paul Wiegler (in der ›BZ am Mittag‹) berichtet. Gespielt wurde ohne Pause, und immer wenn die Szene an die »Gedankenstriche« kam, wurde die Bühne verdunkelt, und ein zartgrüner Zwischenvorhang senkte sich herunter. Es gab eine aus alten Wiener Motiven zusammengestellte Begleitmusik von Forster-Larrinnaga, deren »Unsittlichkeit« auch unter den Begründungen für das Verbot der Aufführung stand. Sie füllte mit leiser Ironie auch die Pausen, in denen der Zwischenvorhang fiel (und anscheinend die verklemmten Phantasien entzündete).

Die Aufführung selbst – leicht im Dialog, sicher im Atmosphärischen – lieferte den Verhinderern kein Argument. »Alles war, o Polizei, dezent«, schrieb Kerr. Die Rollen waren zum Teil mit Reinhardt-Schauspielern besetzt. Karl Ettlinger spielte den Dichter, Curt Goetz den jungen Herrn, Robert Forster-Larrinnaga den Grafen, die schöne Blanche Dergan (Georg Kaisers Freundin) die Schauspielerin, aber diese so, daß Kerr (den biographischen Hintergrund der Szene witternd) schrieb: »Die Rolle schreit, brüllt nach der Sandrock – wo die noch keine grauen Herzoginnen gab.« Das süße Mädel war Poldi Müller, die Kerr als den »Gewinn des Abends« pries. – In der Aufführung saßen der Richter und die Beiräte des beanspruchten Landgerichts. Sie fanden nicht, daß die Aufführung »das sittliche Empfinden verletze«. Am 3. Januar 1921 wurde sie freigegeben. Sie war bis zum Ende der Spielzeit täglich zu sehen. War nun alles gewonnen?

Es schien so, aber es war nicht so. Am Tag nach der Premiere ging bei der Staatsanwaltschaft in Berlin die Strafanzeige des deutsch-völkischen Professors Emil Brunner ein, der in der Zentralstelle zur Bekämpfung unzüchtiger Schriften im Berliner Polizeipräsidium saß. Er hatte »an der Aufführung schweres Ärgernis im Sinne des Paragraphen 183 StGB genommen« und hielt sie »für einen Skandal, der immer ein Zeichen der Schande unserer Zeit bleiben wird«. Damit war jener Strafprozeß eingeleitet, der unter dem Namen »Reigen-Prozeß« in die Geschichte des Stückes wie des Theaters eingegangen ist.

Die deutsche Intervention gegen den ›Reigen‹ hatte in Österreich wenige Wochen darauf ein noch schlimmeres Gegenstück. Auch dort herrschte, obwohl die Zensur abgeschafft war, Sorge und Angst in bezug auf die öffentliche Sittlichkeit. Ein »Zensurbeirat« wurde neu einberufen, eine Probeaufführung angesetzt; die dann doch freigegebene Premiere fand am

1. Februar 1921 statt. Ort: Kammerspiele in der Rotenturmstraße. Schnitzler war anwesend. Er zeigte sich zufrieden mit der Aufführung, die Kritiker bestätigten der Inszenierung »sittlichen Ernst«. Das Organ der regierenden christlich-sozialen Partei, ›Reichspost‹, aber blies zum Sturm gegen die Auswirkungen der »jüdischen Literatur«: »Wir verlangen von den Behörden, die uns ja auch vor dem Umsichgreifen einer Pest zu behüten die Pflicht haben, daß sie dieser volksvergiftenden Schmach sofort ein Ende bereiten... Schluß mit den ›Reigen‹-Aufführungen!« Die Bischöfe unterstützten die Anklage mit einem »Fastenhirtenbrief«. Die Auseinandersetzungen spielten in den Nationalrat, auch in den Gemeinderat, der Innenminister verbot die Aufführung, die Sozialdemokraten widersprachen unter Berufung auf die Verfassung, das Stück wurde »Bordellstück« genannt; am 13. Februar rief der katholische Volksbund für Österreich zu einer Anti-Reigen-Versammlung in die Volkshalle des Rathauses, am 16. Februar brach der Sturm über die Aufführung los. Erst Stinkbomben, dann sammelten sich etwa sechshundert Leute vor dem Theater. Eine große Gruppe stürmte zum Überfall in den Saal, es kam zu schweren Schlägereien, und die Schläger zogen aus dem demolierten Saal mit Gesang vom »Gott, der Eisen wachsen ließ« ab. Das Aufführungsverbot folgte am nächsten Tag »aus Gründen der öffentlichen Ruhe und Sicherheit«. Die ›Reichspost‹ nannte die Aktion »christliche Selbsthilfe«. Erst am 7. März 1922 wurde der ›Reigen‹ – unter Polizeischutz – wiederaufgenommen, am 30. Juni 1922 war die letzte Aufführung.

Im Berliner Reigen-Prozeß brachte im Herbst 1921 eine eigens neu angesetzte Vorstellung für das Gericht keine Begründungen für das Verbot. Kerr machte ein dem Kunstwerk gerecht werdendes Gutachten. Der Prozeß endete mit Freispruch. War es doch ein Sieg der Vernunft in allem?

Der Weg für das Stück war freigekämpft – aber der Kampf hatte den Autor betroffen und irritiert. Schnitzler hatte die Saalschlacht in Wien miterlebt. Das Stück hatte den antisemitischen Haß auf ihn gelenkt; er sah das Stück nur Mißverständnissen ausgesetzt. Darum untersagte er 1922 alle weiteren Aufführungen. Seitdem blieb der ›Reigen‹ ein Wunsch-Stück für die Bühnen. Die Entscheidung des Autors war vom Urheberrecht geschützt wie von der Ehrfurcht, die der Sohn Heinrich Schnitzler als Erbe dem Willen des Vaters entgegenbrachte. Erst am 1. Januar 1982 ist es den Bühnen verfügbar.

Was für ein Reigen?

Es gibt kein anderes dramatisches Kunstwerk mit einem ähnlichen Schicksal. Auch die Geschichte von Oscar Panizzas ›Liebeskonzil‹, das vom Vorwurf der Gotteslästerung verfolgt wurde, enthält nur Teilaspekte des ›Reigen‹-Dramas. Panizzas Stück war eine gewollte Blasphemie, geschrieben aus der Provokation. Schnitzlers ›Reigen‹ versuchte nichts anderes als die Reihung tiefsichtiger Beobachtungen in einem hohen Sinnbild. In ihm ist mehr von Menschlichkeit, Zuneigung, Nachsicht und Einsicht in die Gebrechlichkeit nicht nur der menschlichen Einrichtungen, sondern auch der Natur und der Psyche zugegen, als die Geschichte der Mißverständnisse vermuten läßt.

Die Literaturwissenschaft, die den ›Reigen‹ unbestritten als ein Hauptstück im Schnitzlerschen Werk betrachtet, hat ihn gern als eine besondere Form des »Totentanzes« interpretiert, aber auch als »Satyrspiel« auf die zarten und verstörenden Liebestragödien Schnitzlers.

Dabei stützt sie sich einerseits auf die Motive des Einander-Begegnens und Aneinander-Absterbens, auf die Klagen, daß das Leben so kurz, der Tod immer nah sei, und auf das sanfte *vanitas, vanitatum vanitas* zwischen den Zeilen – andererseits auf die kühle Genauigkeit, mit der der distanzierte Beobachter Schnitzler die Besonderheiten der Charaktere, die ihnen eigene Komik und die mancher Liebesekstasen beschreibt – so, als wären diese Menschen wirklich unfähig zum Drama und zur Tragödie. Wer indessen von der spezifischen Gestalt der Schnitzlerschen Personenarrangements ausgeht, in denen die Menschen als zu- und beieinander, aber doch getrennt voneinander lebende, sich suchende und verfehlende dargestellt werden – der wird in der besonderen, kreisförmigen Gestalt dieses Stücks, in dem einer sich mit einem anderen und dieser mit dem nächsten kopuliert, vor allem die dichterische Steigerung des Dahinlebens in der mit Sinnlichkeit und Lust geschmückten Leere des Daseins sehen.

Gewiß: es ist ein Reigen. Die Dirne lockt den Soldaten, der Soldat geht zum Stubenmädchen, das Stubenmädchen geht zum jungen Herrn, der junge Herr zu der jungen Ehefrau, diese zu ihrem Mann, ihr Mann zu dem süßen Mädel, das süße Mädel zum Dichter, der sanfte Dichter zur ruppig-amourösen Schauspielerin, die Schauspielerin holt sich den erfahrenen schönen Grafen, und der Graf fällt volltrunken in die Arme der Dirne, womit der Kreis sich schließt und das Stück von neuem beginnen kann. Von der Form her gesehen, ist es ein Stück, in dem das Leben zum Ornament gerinnen kann, in dem sich die Individuen in Puppen im Lebenstanz verwandeln lassen. Es fällt sogar leicht, für sich als Leser die Entfernung des Autors von seinen Personen noch einmal zu vergrößern und sich dafür auf Sätze zu stützen wie die aus dem Gespräch des Grafen mit der Schauspielerin: »Sie wissen doch wenigstens, warum Sie leben!« – »Wer sagt Ihnen das; ich habe keine Ahnung, wozu ich lebe!«

Zu Schnitzlers ›Reigen‹ muß man sich seine Nähe oder seine Entfernung selbst bestimmen, und je nach der Distanz wird sich die Erscheinung des Stücks verändern. Je größer sie wird, um so stärker drängt der Ewigkeitszug sich im Arrangement hervor: das Sinnbild von der immerwährenden Wanderschaft auf der Suche nach Glück wie das Schreckbild von der Mechanik im beseelten Körper. Und je näher man bleibt, um so mehr tut sich auf von der Fülle der Beobachtungen, Entdeckungen, Beschreibungen und Erkenntnisse über menschliche Typologie und Individualität, über das Verhalten der Personen, die Formen ihres Lebens und ihre sozialen Prägungen. Und schließlich wird man den philosophischen Grund der Schnitzlerschen Komposition erreichen, in dem die Trauer eine Heiterkeit der Anschauung und das bange »Mehr nicht?« die Gewißheit des »Mehr nicht, aber soviel doch« gewinnt.

Schnitzlers ›Reigen‹ ist ein eher scheu angelegter Versuch, das *experimentum amoris* in der ganzen sozialen Skala darzustellen, mit seinen Konstanten und Varianten. Beginnend in der asozialen Sphäre der Dirne, aufsteigend in die verschiedenen Schichtungen des Kleinbürger- und Bürgertums, in die Welt des Künstlers, des degenerierten Adels, um dann wieder abzustürzen und zu zeigen, wie eng und rührend scheu im Vitalen sich berührt, was sozial so weit voneinander entfernt ist. Im weiten Feld dieser Entdeckungen ist der allen gemeinsame Punkt, der Sturz aus dem Dialog in die sprachlose Kopulation, die Pointe auf das, was die Personen gemeinsam haben. Schnitzler zeigt die Menschen immer als Suchende. Selbst die Dirne sucht den Soldaten nicht um Geld. Immer sind die Ängste gegenwärtig, die Ängste vor dem Dunkel, die Ängste vor anderen, vor Aufpassern, sogar davor, daß man sich was vergeben hat (Der Gatte über das süße Mädel: »Wer weiß, was das eigentlich für eine Person ist...«), die Ängste vor dem schnellen Abschied wie vor dem Verharren. Nach dem »Moment« kommt die Flucht, die Ernüchterung, weil die erst erstrebte Gegenwärtigkeit plötzlich nicht mehr erträglich ist. Und wenn die Szenen mit dem Aufstieg der Personen im sozialen Milieu sich verlängern, so hat das nichts mit Verweilen zu tun, sondern nur mit den längeren Umständen, die man sich dort für oder mit dem anderen macht. Wo auf der niederen Ebene der Zugriff schnell ist, wird im »gehobenen Milieu« »inszeniert«, verlängern sich die Gespräche der Annäherung, sind die Charaktere diffiziler beschrieben – aber die Flüchtigkeit und die neue Begehrlichkeit nach dem nächsten und anderen zeigen sich schnell bei allen.

Fast allen diesen Personen kommt immer angstvoll die Frage des »Liebst du mich?« auf die Lippen, dieses Gieren nach einer Versicherung, die doch so fadenscheinig ist wie die Auskünfte, die man einander gibt. Was in der einen Szene als Wahrheit gesagt wird, wird in der anderen schon verrückt. Der Soldat, der in der Begegnung mit der Dirne um zehn in der Kaserne sein muß, hat in der nächsten bis nach Mitternacht Zeit, das süße Mädel war doch schon öfter im Chambre separée, als sie dem »Gatten« eingesteht, und der »Gatte«

enthüllt in der Begegnung mit dem süßen Mädel, daß seine Treue keine ist, und erklärt unfreiwillig, warum also seine Worte an seine Frau, dieser Bombast hoher Eheidealität, so falsch klangen und was die Sperren waren, über die seine Frau sich mokierte.

Das Netz der »Liebe« und die Tricks der Lügen, mit denen man sich die Freiheit des Liebesspiels verschafft, sind eng geflochten. Schnitzler hat ein Gefühl für die Sprachschichten (er geht vom Dialekt über das Bildungsdeutsch bis in den etwas depperten Adelsjargon) wie für Sprachhaltungen und charakterisiert nicht nur die Personen, er deutet mit der Sprache auch an, was in der Begegnung, der Berührung, dann im Kontakt der Körper in den Personen vor sich geht. Er sieht, wie die Handlungen der Sprache widersprechen, wie die Sprache noch von der Seele Auskunft gibt, wenn die Handlungen schon vom Willen des Körpers Zeichen geben. Im Moment, in dem sich die junge Frau die Mantille abnehmen läßt, sagt sie noch »Und jetzt adieu«, und das Adieu ist doch längst vom Abnehmen der Mantille widerlegt. In solchem Widerspruch öffnet sich der Abgrund, in den gleich darauf alles stürzt, was Erziehung, Haltung, Treue, Scham bedeutet. Die junge Ehefrau sagt (in der Szene mit dem jungen Mann) »Ja wenn ich lügen könnte« und lügt nicht nur mit Wörtern, sondern auch mit dem Körper.

Das heißt: Schnitzler verschiebt die Bilder der Personen, eben sind sie so, dann so. Der »schöne Engel« erscheint bald darauf als »Strizzi«, als »Fallott«, der Besucher als Flüchtling, die souverän-sarkastische, überlegene Schauspielerin als eine fast brünstige Verführerin und auf einmal zärtliche Frau. Und noch um die Momente, die Schnitzler nur mit Gedankenstrichen beschreibt, ist die zarteste Beobachtung jener Veränderungen in Stimmung und Gefühlen gehäuft, die als »Vorher« und »Nachher« wieder auf das Allgemeine im Besonderen verweisen. Im Brief an Olga Waissnix vom 26. Februar 1897 meint Schnitzler, daß die »undruckbare Szenenreihe«, »nach ein paar hundert Jahren ausgegraben, einen Theil unserer Cultur eigentümlich beleuchten würde«.

Der ›Reigen‹ ist aber kein Stück aus einer vergangenen abgelebten Welt, sosehr soziales Gefüge, Habitus und Interieur, Sprache und Ambiente die Welt von 1900 auch festhalten. Die Modernität des ›Reigen‹ besteht in der Aufdeckung der Ängste und Widersprüche, der Transzendenzlosigkeit der Personen, der Berührungszwänge, der Flucht in den Sexus, ohne daß in deren Darstellung die Personalität dieser Menschen verletzt wird.

Große Partien des ›Reigen‹ nehmen sich für uns aus wie das Feld, aus dem das Horvathsche dramatische Werk hervorging. Auch Horvath kennt noch diese Personen, beobachtet ähnlich ihr Verhalten, ihre Sprache und setzt die Widersprüche von Wort und Körper, auch die Zeichen so, daß die Texte und Situationen ihren Realismus überschreiten und sich für Hintergründe öffnen, damit das Gezeigte den philosophischen Aspekt freigibt, der in ihm verborgen ist. »Die Liebe«, sagt Schnitzler im Tagebuch, »ist eigentlich immer ein Symbol für etwas anderes.« »Das Andere« im ›Reigen‹ verbirgt sich in ihr, im Verlangen nach Begegnung und Erfüllung, die durch nichts zu bergen und in Besitz zu verwandeln ist, weil für den Melancholiker im »Alles bekommen« auch das Nichts-haben sich enthüllt. Im Einander-die-Hände-und-Körper-Reichen ist die kleine Hilfe; sie bringt in die Trauer wie die Komik der Einsamkeiten den Trost und enthält das im Suchen und Gewähren verborgene Bild. Dieser Reigen ist ewig.

Oktober 1981 Günther Rühle

REIGEN

I
DIE DIRNE UND DER SOLDAT

Spät abends. An der Augartenbrücke.

SOLDAT *kommt pfeifend, will nach Hause.*

DIRNE: Komm, mein schöner Engel.

SOLDAT *wendet sich um und geht wieder weiter.*

DIRNE: Willst du nicht mit mir kommen?

SOLDAT: Ah, ich bin der schöne Engel?

DIRNE: Freilich, wer denn? Geh, komm zu mir. Ich wohn gleich in der Näh.

SOLDAT: Ich hab keine Zeit. Ich muß in die Kasern!

DIRNE: In die Kasern kommst immer noch zurecht. Bei mir is besser.

SOLDAT *ihr nahe*: Das ist schon möglich.

DIRNE: Pst. Jeden Moment kann ein Wachmann kommen.

SOLDAT: Lächerlich! Wachmann! Ich hab auch mein Seiteng'wehr!

DIRNE: Geh, komm mit.

SOLDAT: Laß mich in Ruh, Geld hab ich eh keins.

DIRNE: Ich brauch kein Geld.

SOLDAT *bleibt stehen. Sie sind bei einer Laterne*: Du brauchst kein Geld? Wer bist du denn nachher?

DIRNE: Zahlen tun mir die Zivilisten. So einer wie du kanns immer umsonst bei mir haben.

SOLDAT: Du bist am End die, von der mir der Huber erzählt hat.

DIRNE: Ich kenn kein Huber nicht.

SOLDAT: Du wirst schon die sein. Weißt – in dem Kaffeehaus in der Schiffgassen – von dort ist er mit dir z' Haus gangen.

DIRNE: Von dem Kaffeehaus bin ich schon mit gar vielen z' Haus gangen ... oh! oh! –

SOLDAT: Also gehn wir, gehn wir.

DIRNE: Was, jetzt hasts eilig?

SOLDAT: Na, worauf solln wir noch warten? Und um zehn muß ich in der Kasern sein.

DIRNE: Wie lang dienst denn schon?

SOLDAT: Was geht denn das dich an? Wohnst weit?

DIRNE: Zehn Minuten zum gehn.

SOLDAT: Das ist mir zu weit. Gib mir ein Pussel.

DIRNE *küßt ihn*: Das ist mir eh das liebste, wenn ich einen gern hab!

SOLDAT: Mir nicht. Nein, ich geh nicht mit dir, es ist mir zu weit.

DIRNE: Weißt was, komm morgen am Nachmittag.

SOLDAT: Gut is. Gib mir deine Adresse.

DIRNE: Aber du kommst am End nicht.

SOLDAT: Wenn ich dirs sag!

DIRNE: Du, weißt was – wenns dir zu weit ist heut abend zu mir – da ... da ... *Weist auf die Donau.*

SOLDAT: Was ist das?

DIRNE: Da ist auch schön ruhig ... jetzt kommt kein Mensch.

SOLDAT: Ah, das ist nicht das Rechte.

DIRNE: Bei mir is immer das Rechte. Geh, bleib jetzt bei mir. Wer weiß, ob wir morgen nochs Leben haben.

SOLDAT: So komm – aber g'schwind!

DIRNE: Gib Obacht, da ist so dunkel. Wennst ausrutschst, liegst in der Donau.

SOLDAT: Wär eh das beste.

DIRNE: Pst, so wart nur ein bissel. Gleich kommen wir zu einer Bank.

SOLDAT: Kennst dich da gut aus.

DIRNE: So einen wie dich möcht ich zum Geliebten.

SOLDAT: Ich tät dir zu viel eifern.

DIRNE: Das möcht ich dir schon abgewöhnen.

SOLDAT: Ha –

DIRNE: Nicht so laut. Manchmal is doch, daß sich ein Wachter her verirrt. Sollt man glauben, daß wir da mitten in der Wienerstadt sind?

SOLDAT: Daher komm, daher.

DIRNE: Aber was fällt dir denn ein, wenn wir da ausrutschen, liegen wir im Wasser unten.

SOLDAT *hat sie gepackt*: Ah, du –

DIRNE: Halt dich nur fest an.

SOLDAT: Hab kein Angst ...

– –

DIRNE: Auf der Bank wärs schon besser gewesen.

SOLDAT: Da oder da ... Na, krall aufi.

DIRNE: Was laufst denn so –

SOLDAT: Ich muß in die Kasern, ich komm eh schon zu spät.

DIRNE: Geh, du, wie heißt denn?

SOLDAT: Was interessiert dich denn das, wie ich heiß?

DIRNE: Ich heiß Leocadia.

SOLDAT: Ha! – So an Namen hab ich auch noch nie gehört.

DIRNE: Du!

SOLDAT: Na, was willst denn?

DIRNE: Geh, ein Sechserl fürn Hausmeister gib mir wenigstens! –

SOLDAT: Ha! ... Glaubst, ich bin deine Wurzen. Servus! Leocadia ...

DIRNE: Strizzi! Fallott! –

Er ist verschwunden.

II

DER SOLDAT UND DAS STUBENMÄDCHEN

Prater. Sonntagabend.
Ein Weg, der vom Wurstelprater aus in die dunkeln Alleen führt. Hier hört man noch die wirre Musik aus dem Wurstelprater, auch die Klänge vom Fünfkreuzertanz, eine ordinäre Polka, von Bläsern gespielt.
Der Soldat, Das Stubenmädchen

STUBENMÄDCHEN: Jetzt sagen S' mir aber, warum S' durchaus schon haben fortgehen müssen.

SOLDAT *lacht verlegen, dumm.*

STUBENMÄDCHEN: Es ist doch so schön gewesen. Ich tanz so gern.

SOLDAT *faßt sie um die Taille.*

STUBENMÄDCHEN *läßts geschehen*: Jetzt tanzen wir ja nimmer. Warum halten S' mich so fest?

SOLDAT: Wie heißen S'? Kathi?

STUBENMÄDCHEN: Ihnen ist immer eine Kathi im Kopf.

SOLDAT: Ich weiß, ich weiß schon ... Marie.

STUBENMÄDCHEN: Sie, da ist aber dunkel. Ich krieg so eine Angst.

SOLDAT: Wenn ich bei Ihnen bin, brauchen S' Ihnen nicht zu fürchten. Gott sei Dank, mir sein mir!

STUBENMÄDCHEN: Aber wohin kommen wir denn da? Da ist ja kein Mensch mehr. Kommen S', gehn wir zurück! – Und so dunkel!

SOLDAT *zieht an seiner Virginierzigarre, daß das rote Ende leuchtet*: 's wird schon lichter! Haha! Oh, du Schatzerl!

STUBENMÄDCHEN: Ah, was machen S' denn? Wenn ich das gewußt hätt!

SOLDAT: Also der Teufel soll mich holen, wenn eine heut beim Swoboda mollerter gewesen ist als Sie, Fräul'n Marie.

STUBENMÄDCHEN: Haben S' denn bei allen so probiert?

SOLDAT: Was man so merkt, beim Tanzen. Da merkt man gar viel! Ha!

STUBENMÄDCHEN: Aber mit der Blonden mit dem schiefen Gesicht haben S' doch mehr tanzt als mit mir.

SOLDAT: Das ist eine alte Bekannte von einem meinigen Freund.

STUBENMÄDCHEN: Von dem Korporal mit dem aufdrehten Schnurrbart?

SOLDAT: Ah nein, das ist der Zivilist gewesen, wissen S', der im Anfang am Tisch mit mir g'sessen ist, der so heisrig redt.

STUBENMÄDCHEN: Ah, ich weiß schon. Das ist ein kecker Mensch.

SOLDAT: Hat er Ihnen was tan? Dem möcht ichs zeigen! Was hat er Ihnen tan?

STUBENMÄDCHEN: Oh, nichts – ich hab nur gesehn, wie er mit die andern ist.

SOLDAT: Sagen S', Fräulein Marie ...

STUBENMÄDCHEN: Sie werden mich verbrennen mit Ihrer Zigarrn.

SOLDAT: Pahdon! – Fräul'n Marie. Sagen wir uns du.

STUBENMÄDCHEN: Wir sein noch nicht so gute Bekannte.

SOLDAT: Es können sich gar viele nicht leiden und sagen doch du zueinander.

STUBENMÄDCHEN: 's nächstemal, wenn wir ... Aber, Herr Franz –

SOLDAT: Sie haben sich meinen Namen g'merkt?

STUBENMÄDCHEN: Aber, Herr Franz ...

SOLDAT: Sagen S' Franz, Fräulein Marie.

STUBENMÄDCHEN: So sein S' nicht so keck – aber pst, wenn wer kommen tät!

SOLDAT: Und wenn schon einer kommen tät, man sieht ja nicht zwei Schritt weit.

STUBENMÄDCHEN: Aber um Gottes willen, wohin kommen wir denn da?

SOLDAT: Sehn S', da sind zwei grad wie wir.

STUBENMÄDCHEN: Wo denn? Ich seh gar nichts.

SOLDAT: Da ... vor uns.

STUBENMÄDCHEN: Warum sagen S' denn: zwei wie mir? –

SOLDAT: Na, ich mein halt, die haben sich auch gern.

STUBENMÄDCHEN: Aber geben S' doch acht, was ist denn da, jetzt wär ich beinah g'fallen.

SOLDAT: Ah, das ist das Gatter von der Wiesen.

STUBENMÄDCHEN: Stoßen S' doch nicht so, ich fall ja um.

SOLDAT: Pst, nicht so laut.

STUBENMÄDCHEN: Sie, jetzt schrei ich aber wirklich. – Aber was machen S' denn ... aber –

SOLDAT: Da ist jetzt weit und breit keine Seel.

STUBENMÄDCHEN: So gehn wir zurück, wo Leut sein.

SOLDAT: Wir brauchen keine Leut, was, Marie, wir brauchen ... dazu ... haha.

STUBENMÄDCHEN: Aber, Herr Franz, bitt Sie, um Gottes willen, schaun S', wenn ich das ... gewußt ... oh ... oh ... komm! ...

– –

SOLDAT *selig*: Herrgott noch einmal ... ah ...

STUBENMÄDCHEN: ... Ich kann dein G'sicht gar nicht sehn.

SOLDAT: A was – G'sicht ...

– –

SOLDAT: Ja, Sie, Fräul'n Marie, da im Gras können S' nicht liegenbleiben.

STUBENMÄDCHEN: Geh, Franz, hilf mir.

SOLDAT: Na, komm zugi.

STUBENMÄDCHEN: O Gott, Franz.

SOLDAT: Na ja, was ist denn mit dem Franz?

STUBENMÄDCHEN: Du bist ein schlechter Mensch, Franz.

Soldat: Ja, ja. Geh, wart ein bissel.
Stubenmädchen: Was laßt mich denn aus?
Soldat: Na, die Virginier werd ich mir doch anzünden dürfen.
Stubenmädchen: Es ist so dunkel.
Soldat: Morgen früh ist schon wieder licht.
Stubenmädchen: Sag wenigstens, hast mich gern?
Soldat: Na, das mußt doch g'spürt haben, Fräul'n Marie, ha!
Stubenmädchen: Wohin gehn wir denn?
Soldat: Na, zurück.
Stubenmädchen: Geh, bitt dich, nicht so schnell!
Soldat: Na, was ist denn? Ich geh nicht gern in der finstern.
Stubenmädchen: Sag, Franz, hast mich gern?
Soldat: Aber grad hab ichs gsagt, daß ich dich gern hab!
Stubenmädchen: Geh, willst mir nicht ein Pussel geben?
Soldat *gnädig*: Da ... Hörst – jetzt kann man schon wieder die Musik hören.
Stubenmädchen: Du möchtst am End gar wieder tanzen gehn?
Soldat: Na freilich, was denn?
Stubenmädchen: Ja, Franz, schau, ich muß zuhaus gehn. Sie werden eh schon schimpfen, mei Frau ist so eine ... die möcht am liebsten, man ging gar nicht fort.
Soldat: Na ja, geh halt zuhaus.
Stubenmädchen: Ich hab halt dacht, Herr Franz, Sie werden mich z'haus führen.
Soldat: Z'haus führen? Ah!
Stubenmädchen: Gehn S', es ist so traurig, allein z'haus gehn.
Soldat: Wo wohnen S' denn?
Stubenmädchen: Es ist gar nicht so weit – in der Porzellangasse.

SOLDAT: So? Ja, da haben wir ja einen Weg ... aber jetzt ists mir zu früh ... jetzt wird noch draht, heut hab ich über Zeit ... vor zwölf brauch ich nicht in der Kasern zu sein. I geh noch tanzen.

STUBENMÄDCHEN: Freilich, ich weiß schon, jetzt kommt die Blonde mit dem schiefen Gesicht dran!

SOLDAT: Ha! – Der ihr G'sicht ist gar nicht so schief.

STUBENMÄDCHEN: O Gott, sein die Männer schlecht. Was, Sie machens sicher mit einer jeden so.

SOLDAT: Das wär z'viel! –

STUBENMÄDCHEN: Franz, bitt schön, heut nimmer – heut bleiben S' mit mir, schaun S' –

SOLDAT: Ja, ja, ist schon gut. Aber tanzen werd ich doch noch dürfen.

STUBENMÄDCHEN: Ich tanz heut mit kein mehr!

SOLDAT: Da ist er ja schon ...

STUBENMÄDCHEN: Wer denn?

SOLDAT: Der Swoboda! Wie schnell wir wieder da sein. Noch immer spielen s' das ... tadarada tadarada ... *Singt mit* ... Also, wanst auf mich warten willst, so führ ich dich z'haus ... wenn nicht ... Servus –

STUBENMÄDCHEN: Ja, ich werd warten.

Sie treten in den Tanzsaal ein.

SOLDAT: Wissen S', Fräul'n Marie, ein Glas Bier lassens Ihnen geben. *Zu einer Blonden sich wendend, die eben mit einem Burschen vorbeitanzt, sehr hochdeutsch*: Mein Fräulein, darf ich bitten? –

III
DAS STUBENMÄDCHEN UND DER JUNGE HERR

Heißer Sommernachmittag. – Die Eltern sind schon auf dem Lande. – Die Köchin hat Ausgang. – Das Stubenmädchen schreibt in der Küche einen Brief an den Soldaten, der ihr Geliebter ist. Es klingelt aus dem Zimmer des jungen Herrn. Sie steht auf und geht ins Zimmer des jungen Herrn.
Der junge Herr liegt auf dem Diwan, raucht und liest einen französischen Roman.

DAS STUBENMÄDCHEN: Bitt schön, junger Herr?

DER JUNGE HERR: Ah ja, Marie, ah ja, ich hab geläutet, ja ... was hab ich nur ... ja richtig, die Rouletten lassen S' herunter, Marie ... Es ist kühler, wenn die Rouletten unten sind ... ja ...
Das Stubenmädchen geht zum Fenster und läßt die Rouletten herunter.

DER JUNGE HERR *liest weiter*: Was machen S' denn, Marie? Ah ja. Jetzt sieht man aber gar nichts zum Lesen.

DAS STUBENMÄDCHEN: Der junge Herr ist halt immer so fleißig.

DER JUNGE HERR *überhört das vornehm*: So, ist gut.

Marie geht.

DER JUNGE HERR *versucht weiterzulesen; läßt bald das Buch fallen, klingelt wieder.*

DAS STUBENMÄDCHEN *erscheint.*

DER JUNGE HERR: Sie, Marie ... ja, was habe ich sagen wollen ... ja ... ist vielleicht ein Cognac zu Haus?

DAS STUBENMÄDCHEN: Ja, der wird eingesperrt sein.

DER JUNGE HERR: Na, wer hat denn die Schlüssel?

DAS STUBENMÄDCHEN: Die Schlüssel hat die Lini.

DER JUNGE HERR: Wer ist die Lini?

DAS STUBENMÄDCHEN: Die Köchin, Herr Alfred.

DER JUNGE HERR: Na, so sagen S' es halt der Lini.

DAS STUBENMÄDCHEN: Ja, die Lini hat heut Ausgang.

DER JUNGE HERR: So ...

DAS STUBENMÄDCHEN: Soll ich dem jungen Herrn vielleicht aus dem Kaffeehaus ...

DER JUNGE HERR: Ah nein ... es ist so heiß genug. Ich brauch keinen Cognac. Wissen S', Marie, bringen Sie mir ein Glas Wasser. Pst, Marie – aber laufen lassen, daß es recht kalt ist. –

Das Stubenmädchen ab.

Der junge Herr sieht ihr nach, bei der Tür wendet sich das Stubenmädchen nach ihm um; der junge Herr schaut in die Luft. – Das Stubenmädchen dreht den Hahn der Wasserleitung auf, läßt das Wasser laufen. Währenddem geht sie in ihr kleines Kabinett, wäscht sich die Hände, richtet vor dem Spiegel ihre Schneckerln. Dann bringt sie dem jungen Herrn das Glas Wasser. Sie tritt zum Diwan.

DER JUNGE HERR *richtet sich zur Hälfte auf, das Stubenmädchen gibt ihm das Glas in die Hand, ihre Finger berühren sich.*

DER JUNGE HERR: So, danke. – Na, was ist denn? – Geben Sie acht; stellen Sie das Glas wieder auf die Tasse ... *Er legt sich hin und streckt sich aus.* Wie spät ists denn? –

DAS STUBENMÄDCHEN: Fünf Uhr, junger Herr.

DER JUNGE HERR: So, fünf Uhr. – Ist gut. –

DAS STUBENMÄDCHEN *geht; bei der Tür wendet sie sich um; der junge Herr hat ihr nachgeschaut; sie merkt es und lächelt.*

DER JUNGE HERR *bleibt eine Weile liegen, dann steht er plötzlich auf. Er geht bis zur Tür, wieder zurück, legt sich auf den Diwan. Er versucht wieder zu lesen. Nach ein paar Minuten klingelt er wieder.*

DAS STUBENMÄDCHEN *erscheint mit einem Lächeln, das sie nicht zu verbergen sucht.*

DER JUNGE HERR: Sie, Marie, was ich Sie hab fragen wollen. War heut vormittag nicht der Doktor Schüller da?

DAS STUBENMÄDCHEN: Nein, heut vormittag war niemand da.

DER JUNGE HERR: So, das ist merkwürdig. Also der Doktor Schüller war nicht da? Kennen Sie überhaupt den Doktor Schüller?

DAS STUBENMÄDCHEN: Freilich. Das ist der große Herr mit dem schwarzen Vollbart.

DER JUNGE HERR: Ja. War er vielleicht doch da?

DAS STUBENMÄDCHEN: Nein, es war niemand da, junger Herr.

DER JUNGE HERR *entschlossen*: Kommen Sie her, Marie.

DAS STUBENMÄDCHEN *tritt etwas näher*: Bitt schön.

DER JUNGE HERR: Näher ... so ... ah ... ich hab nur geglaubt ...

DAS STUBENMÄDCHEN: Was haben der junge Herr?

DER JUNGE HERR: Geglaubt ... geglaubt hab ich – Nur wegen Ihrer Blusen ... Was ist das für eine ... Na, kommen S' nur näher. Ich beiß Sie ja nicht.

DAS STUBENMÄDCHEN *kommt zu ihm*: Was ist mit meiner Blusen? G'fallt sie dem jungen Herrn nicht?

DER JUNGE HERR *faßt die Bluse an, wobei er das Stubenmädchen zu sich herabzieht*: Blau? Das ist ganz ein schönes Blau. *Einfach*: Sie sind sehr nett angezogen, Marie.

DAS STUBENMÄDCHEN: Aber, junger Herr ...

DER JUNGE HERR: Na, was ist denn? ... *Er hat ihre Bluse geöffnet. Sachlich*: Sie haben eine schöne weiße Haut, Marie.

DAS STUBENMÄDCHEN: Der junge Herr tut mir schmeicheln.

DER JUNGE HERR *küßt sie auf die Brust*: Das kann doch nicht weh tun.

DAS STUBENMÄDCHEN: O nein.

DER JUNGE HERR: Weil Sie so seufzen! Warum seufzen Sie denn?

DAS STUBENMÄDCHEN: Oh, Herr Alfred ...

DER JUNGE HERR: Und was Sie für nette Pantoffeln haben ...

DAS STUBENMÄDCHEN: ... Aber ... junger Herr ... wenns draußen läut –

DER JUNGE HERR: Wer wird denn jetzt läuten?

DAS STUBENMÄCDHEN: Aber junger Herr ... schaun S' ... es ist so licht ...

DER JUNGE HERR: Vor mir brauchen Sie sich nicht zu genieren. Sie brauchen sich überhaupt vor niemandem ... wenn man so hübsch ist. Ja, meiner Seel; Marie, Sie sind ... Wissen Sie, Ihre Haare riechen sogar angenehm.

DAS STUBENMÄDCHEN: Herr Alfred ...

DER JUNGE HERR: Machen Sie keine solchen Geschichten, Marie ... ich hab Sie schon anders auch gesehn. Wie ich neulich in der Nacht nach Haus gekommen bin und mir Wasser geholt hab; da ist die Tür zu Ihrem Zimmer offen gewesen ... na ...

DAS STUBENMÄDCHEN *verbirgt ihr Gesicht*: O Gott, aber das hab ich gar nicht gewußt, daß der Herr Alfred so schlimm sein kann.

DER JUNGE HERR: Da hab ich sehr viel gesehen ... das ... und das ... und das ... und –

DAS STUBENMÄDCHEN: Aber, Herr Alfred!

DER JUNGE HERR: Komm, komm ... daher ... so, ja so ...

DAS STUBENMÄDCHEN: Aber wenn jetzt wer läutet –

DER JUNGE HERR: Jetzt hören Sie schon einmal auf ... macht man höchstens nicht auf ...

– –

Es klingelt.

DER JUNGE HERR: Donnerwetter ... Und was der Kerl für einen Lärm macht. – Am End hat der schon früher geläutet, und wir habens nicht gemerkt.

DAS STUBENMÄDCHEN: Oh, ich hab alleweil aufgepaßt.

DER JUNGE HERR: Na, so schaun S' endlich nach – durchs Guckerl.

DAS STUBENMÄDCHEN: Herr Alfred ... Sie sind aber ... nein ... so schlimm.

DER JUNGE HERR: Bitt Sie, schaun S' jetzt nach ...

DAS STUBENMÄDCHEN *geht ab.*

DER JUNGE HERR *öffnet rasch die Rouleaux.*

DAS STUBENMÄDCHEN *erscheint wieder*: Der ist jedenfalls schon wieder weggegangen. Jetzt ist niemand mehr da. Vielleicht ist es der Doktor Schüller gewesen.

DER JUNGE HERR *ist unangenehm berührt*: Es ist gut.

DAS STUBENMÄDCHEN *nähert sich ihm.*

DER JUNGE HERR *entzieht sich ihr*: Sie, Marie, – ich geh jetzt ins Kaffeehaus.

DAS STUBENMÄDCHEN *zärtlich*: Schon ... Herr Alfred.

DER JUNGE HERR *streng*: Ich geh jetzt ins Kaffeehaus. Wenn der Doktor Schüller kommen sollte –

DAS STUBENMÄDCHEN: Der kommt heut nimmer.

DER JUNGE HERR *noch strenger*: Wenn der Doktor Schüller kommen sollte, ich, ich ... ich bin – im Kaffeehaus. – *Geht ins andere Zimmer.*

Das Stubenmädchen nimmt eine Zigarre vom Rauchtisch, steckt sie ein und geht ab.

IV

DER JUNGE HERR UND DIE JUNGE FRAU

Abend. – Ein mit banaler Eleganz möblierter Salon in einem Hause der Schwindgasse.

Der junge Herr ist eben eingetreten, zündet, während er noch den Hut auf dem Kopf und den Überzieher an hat, die Kerzen an. Dann öffnet er die Tür zum Nebenzimmer und wirft einen Blick hinein. Von den Kerzen des Salons geht der Lichtschein über das Parkett bis zu einem Himmelbett, das an der abschließenden Wand steht. Von dem Kamin in einer Ecke des Schlafzimmers verbreitet sich ein rötlicher Lichtschein auf die Vorhänge des Bettes. – Der junge Herr besichtigt auch das Schlafzimmer. Von dem Trumeau nimmt er einen Sprayapparat und bespritzt die Bettpolster mit feinen Strahlen von Veilchenparfüm. Dann geht er mit dem Sprayapparat durch beide Zimmer und drückt unaufhörlich auf den kleinen Ballon, so daß es bald überall nach Veilchen riecht. Dann legt er Überzieher und Hut ab. Er setzt sich auf den blausamtenen Fauteuil, zündet sich eine Zigarette an und raucht. Nach einer kleinen Weile erhebt er sich wieder und vergewissert sich, daß die grünen Jalousien geschlossen sind. Plötzlich geht er wieder ins Schlafzimmer, öffnet die Lade des Nachtkästchens. Er fühlt hinein und findet eine Schildkrothaarnadel. Er sucht nach einem Ort, sie zu verstecken, gibt sie endlich in die Tasche seines Überziehers. Dann öffnet er einen Schrank, der im Salon steht, nimmt eine silberne Tasse mit einer Flasche Cognac und zwei Likörgläschen heraus, stellt alles auf den Tisch. Er geht wieder zu seinem Überzieher, aus dem er jetzt ein kleines weißes Päckchen nimmt. Er öffnet es und legt es zum Cognac, geht wieder zum Schrank, nimmt zwei kleine Teller und Eßbestecke heraus. Er entnimmt dem kleinen Paket eine glasierte Kastanie und ißt sie. Dann schenkt er sich ein Glas Cognac ein und trinkt es rasch aus. Dann sieht er auf seine Uhr. Er geht im Zimmer auf und ab. – Vor dem großen Wandspiegel bleibt er eine Weile stehen, richtet mit seinem Taschenkamm das Haar und den kleinen Schnurrbart. – Er geht nun zur Vorzimmertür und horcht. Nichts regt sich. Es klingelt. Der junge Herr fährt leicht zusammen. Dann setzt er sich auf den Fauteuil und erhebt sich erst, als die Tür geöffnet wird und die junge Frau eintritt. –

DIE JUNGE FRAU *dicht verschleiert, schließt die Tür hinter sich, bleibt einen Augenblick stehen, indem sie die linke Hand aufs Herz legt, als müsse sie eine gewaltige Erregung bemeistern.*

DER JUNGE HERR *tritt auf sie zu, nimmt ihre linke Hand und drückt auf den weißen, schwarz tamburierten Handschuh einen Kuß. Er sagt leise*: Ich danke Ihnen.

DIE JUNGE FRAU: Alfred – Alfred!

DER JUNGE HERR: Kommen Sie, gnädige Frau ... Kommen Sie, Frau Emma ...

DIE JUNGE FRAU: Lassen Sie mich noch eine Weile – bitte ... oh bitte sehr, Alfred! *Sie steht noch immer an der Tür.*

DER JUNGE HERR *steht vor ihr, hält ihre Hand.*

DIE JUNGE FRAU: Wo bin ich denn eigentlich?

DER JUNGE HERR: Bei mir.

DIE JUNGE FRAU: Dieses Haus ist schrecklich, Alfred.

DER JUNGE HERR: Warum denn? Es ist ein sehr vornehmes Haus.

DIE JUNGE FRAU: Ich bin zwei Herren auf der Stiege begegnet.

DER JUNGE HERR: Bekannte?

DIE JUNGE FRAU: Ich weiß nicht. Es ist möglich.

DER JUNGE HERR: Pardon, gnädige Frau – aber Sie kennen doch Ihre Bekannten.

DIE JUNGE FRAU: Ich habe ja gar nichts gesehen.

DER JUNGE HERR: Aber wenn es selbst Ihre besten Freunde waren, – sie können ja Sie nicht erkannt haben. Ich selbst ... wenn ich nicht wüßte, daß Sie es sind ... dieser Schleier –

DIE JUNGE FRAU: Es sind zwei.

DER JUNGE HERR: Wollen Sie nicht ein bißchen näher? ... Und Ihren Hut legen Sie doch wenigstens ab!

DIE JUNGE FRAU: Was fällt Ihnen ein, Alfred? Ich habe Ihnen gesagt: Fünf Minuten ... Nein, länger nicht ... ich schwöre Ihnen –

DER JUNGE HERR: Also den Schleier.

DIE JUNGE FRAU: Es sind zwei.

DER JUNGE HERR: Nun ja, beide Schleier – ich werde Sie doch wenigstens sehen dürfen.

DIE JUNGE FRAU: Haben Sie mich denn lieb, Alfred?

DER JUNGE HERR *tief verletzt*: Emma – Sie fragen mich ...

DIE JUNGE FRAU: Es ist hier so heiß.

DER JUNGE HERR: Aber Sie haben ja Ihre Pelzmantille an – Sie werden sich wahrhaftig verkühlen.

DIE JUNGE FRAU *tritt endlich ins Zimmer, wirft sich auf den Fauteuil*: Ich bin todmüd.

DER JUNGE HERR: Erlauben Sie. *Er nimmt ihr die Schleier ab; nimmt die Nadel aus ihrem Hut, legt Hut, Nadel, Schleier beiseite.*

DIE JUNGE FRAU *läßt es geschehen.*

DER JUNGE HERR *steht vor ihr, schüttelt den Kopf.*

DIE JUNGE FRAU: Was haben Sie?

DER JUNGE HERR: So schön waren Sie noch nie.

DIE JUNGE FRAU: Wieso?

DER JUNGE HERR: Allein ... allein mit Ihnen – Emma – *Er läßt sich neben ihrem Fauteuil nieder, auf ein Knie, nimmt ihre beiden Hände und bedeckt sie mit Küssen.*

DIE JUNGE FRAU: Und jetzt ... lassen Sie mich wieder gehen. Was Sie von mir verlangt haben, hab ich getan.

DER JUNGE HERR *läßt seinen Kopf auf ihren Schoß sinken.*

DIE JUNGE FRAU: Sie haben mir versprochen, brav zu sein.

DER JUNGE HERR: Ja.

DIE JUNGE FRAU: Man erstickt in diesem Zimmer.

DER JUNGE HERR *steht auf*: Noch haben Sie Ihre Mantille an.

DIE JUNGE FRAU: Legen Sie sie zu meinem Hut.

DER JUNGE HERR *nimmt ihr die Mantille ab und legt sie gleichfalls auf den Diwan.*

DIE JUNGE FRAU: Und jetzt – adieu –

DER JUNGE HERR: Emma –! Emma! –

DIE JUNGE FRAU: Die fünf Minuten sind längst vorbei.

DER JUNGE HERR: Noch nicht eine! –

DIE JUNGE FRAU: Alfred, sagen Sie mir einmal ganz genau, wie spät es ist.

DER JUNGE HERR: Es ist Punkt viertel sieben.

DIE JUNGE FRAU: Jetzt sollte ich längst bei meiner Schwester sein.

DER JUNGE HERR: Ihre Schwester können Sie oft sehen ...

DIE JUNGE FRAU: O Gott, Alfred, warum haben Sie mich dazu verleitet.

DER JUNGE HERR: Weil ich Sie ... anbete, Emma.

DIE JUNGE FRAU: Wie vielen haben Sie das schon gesagt?

DER JUNGE HERR: Seit ich Sie gesehen, niemandem.

DIE JUNGE FRAU: Was bin ich für eine leichtsinnige Person! Wer mir das vorausgesagt hätte ... noch vor acht Tagen ... noch gestern ...

DER JUNGE HERR: Und vorgestern haben Sie mir ja schon versprochen ...

DIE JUNGE FRAU: Sie haben mich so gequält. Aber ich habe es nicht tun wollen. Gott ist mein Zeuge – ich habe es nicht tun wollen ... Gestern war ich fest entschlossen ... Wissen Sie, daß ich Ihnen gestern abend sogar einen langen Brief geschrieben habe?

DER JUNGE HERR: Ich habe keinen bekommen.

DIE JUNGE FRAU: Ich habe ihn wieder zerrissen. Oh, ich hätte Ihnen lieber diesen Brief schicken sollen.

DER JUNGE HERR: Es ist doch besser so.

DIE JUNGE FRAU: O nein, es ist schändlich ... von mir. Ich begreife mich selber nicht. Adieu, Alfred, lassen Sie mich.

DER JUNGE HERR *umfaßt sie und bedeckt ihr Gesicht mit heißen Küssen.*

DIE JUNGE FRAU: So ... halten Sie Ihr Wort ...

DER JUNGE HERR: Noch einen Kuß – noch einen.

DIE JUNGE FRAU: Den letzten. *Er küßt sie; sie erwidert den Kuß; ihre Lippen bleiben lange aneinandergeschlossen.*

DER JUNGE HERR: Soll ich Ihnen etwas sagen, Emma? Ich weiß jetzt erst, was Glück ist.

DIE JUNGE FRAU *sinkt in einen Fauteuil zurück.*

DER JUNGE HERR *setzt sich auf die Lehne, schlingt einen Arm leicht um ihren Nacken:* ... oder vielmehr ich weiß jetzt erst, was Glück sein könnte.

DIE JUNGE FRAU *seufzt tief auf.*

DER JUNGE HERR *küßt sie wieder.*

DIE JUNGE FRAU: Alfred, Alfred, was machen Sie aus mir!

DER JUNGE HERR: Nicht wahr – es ist hier gar nicht so ungemütlich ... Und wir sind ja hier so sicher! Es ist doch tausendmal schöner als diese Rendezvous im Freien ...

DIE JUNGE FRAU: Oh, erinnern Sie mich nur nicht daran.

DER JUNGE HERR: Ich werde auch daran immer mit tausend Freuden denken. Für mich ist jede Minute, die ich an Ihrer Seite verbringen durfte, eine süße Erinnerung.

DIE JUNGE FRAU: Erinnern Sie sich noch an den Industriellenball?

DER JUNGE HERR: Ob ich mich daran erinnere ...? Da bin ich ja während des Soupers neben Ihnen gesessen, ganz nahe neben Ihnen. Ihr Mann hat Champagner ...

DIE JUNGE FRAU *sieht ihn klagend an.*

DER JUNGE HERR: Ich wollte nur vom Champagner reden.

Sagen Sie, Emma, wollen Sie nicht ein Glas Cognac trinken?

DIE JUNGE FRAU: Einen Tropfen, aber geben Sie mir vorher ein Glas Wasser.

DER JUNGE HERR: Ja ... Wo ist denn nur – ach ja ... *Er schlägt die Portiere zurück und geht ins Schlafzimmer.*

DIE JUNGE FRAU *sieht ihm nach.*

DER JUNGE HERR *kommt zurück mit einer Karaffe Wasser und zwei Trinkgläsern.*

DIE JUNGE FRAU: Wo waren Sie denn?

DER JUNGE HERR: Im ... Nebenzimmer. *Schenkt ein Glas Wasser ein.*

DIE JUNGE FRAU: Jetzt werde ich Sie etwas fragen, Alfred – und schwören Sie mir, daß Sie mir die Wahrheit sagen werden.

DER JUNGE HERR: Ich schwöre.

DIE JUNGE FRAU: War in diesen Räumen schon jemals eine andere Frau?

DER JUNGE HERR: Aber Emma – dieses Haus steht schon zwanzig Jahre!

DIE JUNGE FRAU: Sie wissen, was ich meine, Alfred ... Mit Ihnen! Bei Ihnen!

DER JUNGE HERR: Mit mir – hier – Emma! – Es ist nicht schön, daß Sie an so etwas denken können.

DIE JUNGE FRAU: Also Sie haben ... wie soll ich ... Aber nein, ich will Sie lieber nicht fragen. Es ist besser, wenn ich nicht frage. Ich bin ja selbst schuld. Alles rächt sich.

DER JUNGE HERR: Ja, was haben Sie denn? Was ist Ihnen denn? Was rächt sich?

DIE JUNGE FRAU: Nein, nein, nein, ich darf nicht zum Bewußtsein kommen ... Sonst müßte ich vor Scham in die Erde sinken.

DER JUNGE HERR *mit der Karaffe Wasser in der Hand, schüttelt traurig den Kopf*: Emma, wenn Sie ahnen könnten, wie weh Sie mir tun.

Die junge Frau *schenkt sich ein Glas Cognac ein.*

Der junge Herr: Ich will Ihnen etwas sagen, Emma. Wenn Sie sich schämen, hier zu sein – wenn ich Ihnen also gleichgültig bin – wenn Sie nicht fühlen, daß Sie für mich alle Seligkeit der Welt bedeuten – – so gehn Sie lieber.

Die junge Frau: Ja, das werd ich auch tun.

Der junge Herr *sie bei der Hand fassend*: Wenn Sie aber ahnen, daß ich ohne Sie nicht leben kann, daß ein Kuß auf Ihre Hand für mich mehr bedeutet als alle Zärtlichkeiten, die alle Frauen auf der ganzen Welt ... Emma, ich bin nicht wie die anderen jungen Leute, die den Hof machen können – ich bin vielleicht zu naiv ... ich ...

Die junge Frau: Wenn Sie aber doch sind wie die anderen jungen Leute?

Der junge Herr: Dann wären Sie heute nicht da – denn Sie sind nicht wie die anderen Frauen.

Die junge Frau: Woher wissen Sie das?

Der junge Herr *hat sie zum Diwan gezogen, sich nahe neben sie gesetzt*: Ich habe viel über Sie nachgedacht. Ich weiß, Sie sind unglücklich.

Die junge Frau *erfreut.*

Der junge Herr: Das Leben ist so leer, so nichtig – und dann – so kurz – so entsetzlich kurz! Es gibt nur ein Glück ... einen Menschen finden, von dem man geliebt wird –

Die junge Frau *hat eine kandierte Birne vom Tisch genommen, nimmt sie in den Mund.*

Der junge Herr: Mir die Hälfte! *Sie reicht sie ihm mit den Lippen.*

Die junge Frau *faßt die Hände des jungen Herrn, die sich zu verirren drohen*: Was tun Sie denn, Alfred ... ist das Ihr Versprechen?

Der junge Herr *die Birne verschluckend, dann kühner*: Das Leben ist so kurz.

DIE JUNGE FRAU *schwach*: Aber das ist ja kein Grund –

DER JUNGE HERR *mechanisch*: O ja.

DIE JUNGE FRAU *schwächer*: Schauen Sie, Alfred, und Sie haben doch versprochen, brav ... Und es ist so hell ...

DER JUNGE HERR: Komm, komm, du einzige, einzige ... *Er hebt sie vom Diwan empor.*

DIE JUNGE FRAU: Was machen Sie denn?

DER JUNGE HERR: Da drin ist es gar nicht hell.

DIE JUNGE FRAU: Ist denn da noch ein Zimmer?

DER JUNGE HERR *zieht sie mit sich*: Ein schönes ... und ganz dunkel.

DIE JUNGE FRAU: Bleiben wir doch lieber hier.

DER JUNGE HERR *bereits mit ihr hinter der Portiere, im Schlafzimmer, nestelt ihr die Taille auf.*

DIE JUNGE FRAU: Sie sind so ... o Gott, was machen Sie aus mir! – Alfred!

DER JUNGE HERR: Ich bete dich an, Emma!

DIE JUNGE FRAU: So wart doch, wart doch wenigstens ... *Schwach*: Geh ... ich ruf dich dann.

DER JUNGE HERR: Laß mir dich – laß dir mich – *Er verspricht sich.* ... laß ... mich – dir – helfen.

DIE JUNGE FRAU: Du zerreißt mir ja alles.

DER JUNGE HERR: Du hast kein Mieder an?

DIE JUNGE FRAU: Ich trag nie ein Mieder. Die Odilon trägt auch keines. Aber die Schuh kannst du mir aufknöpfeln.

DER JUNGE HERR *knöpfelt ihr die Schuhe auf, küßt ihre Füße.*

DIE JUNGE FRAU *ist ins Bett geschlüpft*: Oh, mir ist kalt.

DER JUNGE HERR: Gleich wirds warm werden.

DIE JUNGE FRAU *leise lachend*: Glaubst du?

DER JUNGE HERR *unangenehm berührt, für sich*: Das hätte sie nicht sagen sollen. *Entkleidet sich im Dunkel.*

DIE JUNGE FRAU *zärtlich*: Komm, komm, komm!

DER JUNGE HERR *dadurch wieder in besserer Stimmung*: Gleich – –

DIE JUNGE FRAU: Es riecht hier so nach Veilchen.

DER JUNGE HERR: Das bist du selbst ... Ja – *zu ihr* – du selbst.

DIE JUNGE FRAU: Alfred ... Alfred!!!!

DER JUNGE HERR: Emma ...

– –

DER JUNGE HERR: Ich habe dich offenbar zu lieb ... ich bin wie von Sinnen.

DIE JUNGE FRAU: ...

DER JUNGE HERR: Die ganzen Tage über bin ich schon wie verrückt. Ich hab es geahnt.

DIE JUNGE FRAU: Mach dir nichts draus.

DER JUNGE HERR: O gewiß nicht. Es ist ja geradezu selbstverständlich, wenn man ...

DIE JUNGE FRAU: Nicht ... nicht ... Du bist nervös. Beruhige dich nur ...

DER JUNGE HERR: Kennst du Stendhal?

DIE JUNGE FRAU: Stendhal?

DER JUNGE HERR: Die »Psychologie de l'amour«?

DIE JUNGE FRAU: Nein, warum fragst du mich?

DER JUNGE HERR: Da kommt eine Geschichte drin vor, die sehr bezeichnend ist.

DIE JUNGE FRAU: Was ist das für eine Geschichte?

DER JUNGE HERR: Da ist eine ganze Gesellschaft von Kavallerieoffizieren zusammen –

DIE JUNGE FRAU: So.

DER JUNGE HERR: Und die erzählen von ihren Liebesabenteuern. Und jeder berichtet, daß ihm bei der Frau, die er am meisten, weißt du, am leidenschaftlichsten geliebt hat ... daß ihn die, daß er die – also kurz und gut, daß es jedem bei dieser Frau so gegangen ist wie jetzt mir.

DIE JUNGE FRAU: Ja.

DER JUNGE HERR: Das ist sehr charakteristisch.

DIE JUNGE FRAU: Ja.

DER JUNGE HERR: Es ist noch nicht aus. Ein einziger behauptet ... es sei ihm in seinem ganzen Leben noch nicht passiert, aber, setzt Stendhal hinzu – das war ein berüchtigter Bramarbas.

DIE JUNGE FRAU: So. –

DER JUNGE HERR: Und doch verstimmt es einen, das ist das Dumme, so gleichgültig es eigentlich ist.

DIE JUNGE FRAU: Freilich. Überhaupt weißt du ... du hast mir ja versprochen, brav zu sein.

DER JUNGE HERR: Geh, nicht lachen, das bessert die Sache nicht.

DIE JUNGE FRAU: Aber nein, ich lache ja nicht. Das von Stendhal ist wirklich interessant. Ich habe immer gedacht, daß nur bei älteren ... oder bei sehr ... weißt du, bei Leuten, die viel gelebt haben ...

DER JUNGE HERR: Was fällt dir ein. Das hat damit gar nichts zu tun. Ich habe übrigens die hübscheste Geschichte aus dem Stendhal ganz vergessen. Da ist einer von den Kavallerieoffizieren, der erzählt sogar, daß er drei Nächte oder gar sechs ... ich weiß nicht mehr, mit einer Frau zusammen war, die er durch Wochen hindurch verlangt hat – désirée – verstehst du – und die haben alle diese Nächte hindurch nichts getan als vor Glück geweint ... beide ...

DIE JUNGE FRAU: Beide?

DER JUNGE HERR: Ja. Wundert dich das? Ich find das so begreiflich – gerade wenn man sich liebt.

DIE JUNGE FRAU: Aber es gibt gewiß viele, die nicht weinen.

DER JUNGE HERR *nervös*: Gewiß ... das ist ja auch ein exceptioneller Fall.

DIE JUNGE FRAU: Ah – ich dachte, Stendhal sagte, alle Kavallerieoffiziere weinen bei dieser Gelegenheit.

DER JUNGE HERR: Siehst du, jetzt machst du dich doch lustig.

Die junge Frau: Aber was fällt dir ein! Sei doch nicht kindisch, Alfred!

Der junge Herr: Es macht mich nun einmal nervös ... Dabei habe ich die Empfindung, daß du ununterbrochen daran denkst. Das geniert mich erst recht.

Die junge Frau: Ich denke absolut nicht daran.

Der junge Herr: O ja. Wenn ich nur überzeugt wäre, daß du mich liebst.

Die junge Frau: Verlangst du noch mehr Beweise?

Der junge Herr: Siehst du ... immer machst du dich lustig.

Die junge Frau: Wieso denn? Komm, gib mir dein süßes Kopferl.

Der junge Herr: Ach, das tut wohl.

Die junge Frau: Hast du mich lieb?

Der junge Herr: Oh, ich bin ja so glücklich.

Die junge Frau: Aber du brauchst nicht auch noch zu weinen.

Der junge Herr *sich von ihr entfernend, höchst irritiert*: Wieder, wieder. Ich hab dich ja so gebeten ...

Die junge Frau: Wenn ich dir sage, daß du nicht weinen sollst ...

Der junge Herr: Du hast gesagt: auch noch zu weinen.

Die junge Frau: Du bist nervös, mein Schatz.

Der junge Herr: Das weiß ich.

Die junge Frau: Aber du sollst es nicht sein. Es ist mir sogar lieb, daß es ... daß wir sozusagen als gute Kameraden ...

Der junge Herr: Schon wieder fangst du an.

Die junge Frau: Erinnerst du dich denn nicht! Das war eines unserer ersten Gespräche. Gute Kameraden haben wir sein wollen; nichts weiter. Oh, das war schön ... das war bei meiner Schwester, im Jänner auf dem großen Ball, während der Quadrille ... Um Gottes willen, ich sollte ja längst fort sein ... meine Schwester erwartet mich ja – was werd ich ihr denn sagen ... Adieu, Alfred –

DER JUNGE HERR: Emma –! So willst du mich verlassen!

DIE JUNGE FRAU: Ja – so! –

DER JUNGE HERR: Noch fünf Minuten ...

DIE JUNGE FRAU: Gut. Noch fünf Minuten. Aber du mußt mir versprechen ... dich nicht zu rühren? ... Ja? ... Ich will dir noch einen Kuß zum Abschied geben ... Pst ... ruhig ... nicht rühren, hab ich gesagt, sonst steh ich gleich auf, du mein süßer ... süßer ...

DER JUNGE HERR: Emma ... meine ange ...

– –

DIE JUNGE FRAU: Mein Alfred –

DER JUNGE HERR: Ah, bei dir ist der Himmel.

DIE JUNGE FRAU: Aber jetzt muß ich wirklich fort.

DER JUNGE HERR: Ach, laß deine Schwester warten.

DIE JUNGE FRAU: Nach Haus muß ich. Für meine Schwester ists längst zu spät. Wieviel Uhr ist es denn eigentlich?

DER JUNGE HERR: Ja, wie soll ich das eruieren?

DIE JUNGE FRAU: Du mußt eben auf die Uhr sehen.

DER JUNGE HERR: Meine Uhr ist in meinem Gilet.

DIE JUNGE FRAU: So hol sie.

DER JUNGE HERR *steht mit einem mächtigen Ruck auf*: Acht.

DIE JUNGE FRAU *erhebt sich rasch*: Um Gottes willen ... Rasch, Alfred, gib mir meine Strümpfe. Was soll ich denn nur sagen? Zu Hause wird man sicher schon auf mich warten ... acht Uhr ...

DER JUNGE HERR: Wann seh ich dich denn wieder?

DIE JUNGE FRAU: Nie.

DER JUNGE HERR: Emma! Hast du mich denn nicht mehr lieb?

DIE JUNGE FRAU: Eben darum. Gib mir meine Schuhe.

DER JUNGE HERR: Niemals wieder? Hier sind die Schuhe.

DIE JUNGE FRAU: In meinem Sack ist ein Schuhknöpfler. Ich bitt dich, rasch ...

DER JUNGE HERR: Hier ist der Knöpfler.

DIE JUNGE FRAU: Alfred, das kann uns beide den Hals kosten.

DER JUNGE HERR *höchst unangenehm berührt*: Wieso?

DIE JUNGE FRAU: Ja, was soll ich denn sagen, wenn er mich fragt: Woher kommst du?

DER JUNGE HERR: Von der Schwester.

DIE JUNGE FRAU: Ja, wenn ich lügen könnte.

DER JUNGE HERR: Na, du mußt es eben tun.

DIE JUNGE FRAU: Alles für so einen Menschen. Ach, komm her ... laß dich noch einmal küssen. *Sie umarmt ihn.* – Und jetzt – – laß mich allein, geh ins andere Zimmer. Ich kann mich nicht anziehen, wenn du dabei bist.

DER JUNGE HERR *geht in den Salon, wo er sich ankleidet. Er ißt etwas von der Bäckerei, trinkt ein Glas Cognac.*

DIE JUNGE FRAU *ruft nach einer Weile*: Alfred!

DER JUNGE HERR: Mein Schatz.

DIE JUNGE FRAU: Es ist doch besser, daß wir nicht geweint haben.

DER JUNGE HERR *nicht ohne Stolz lächelnd*: Wie kann man so frivol reden –

DIE JUNGE FRAU: Wie wird das jetzt nur sein – wenn wir uns zufällig wieder einmal in Gesellschaft begegnen?

DER JUNGE HERR: Zufällig – einmal ... Du bist ja morgen sicher auch bei Lobheimers?

DIE JUNGE FRAU: Ja. Du auch?

DER JUNGE HERR: Freilich. Darf ich dich um den Kotillon bitten?

DIE JUNGE FRAU: Oh, ich werde nicht hinkommen. Was glaubst du denn? – Ich würde ja ... *Sie tritt völlig angekleidet in den Salon, nimmt eine Schokoladenbäckerei* ... in die Erde sinken.

DER JUNGE HERR: Also morgen bei Lobheimer, das ist schön.

DIE JUNGE FRAU: Nein, nein ... ich sage ab; bestimmt –

DER JUNGE HERR: Also übermorgen ... hier.

DIE JUNGE FRAU: Was fällt dir ein?

DER JUNGE HERR: Um sechs ...

DIE JUNGE FRAU: Hier an der Ecke stehen Wagen, nicht wahr? –

DER JUNGE HERR: Ja, soviel du willst. Also übermorgen hier um sechs. So sag doch ja, mein geliebter Schatz.

DIE JUNGE FRAU: ... Das besprechen wir morgen beim Kotillon.

DER JUNGE HERR *umarmt sie*: Mein Engel.

DIE JUNGE FRAU: Nicht wieder meine Frisur ruinieren.

DER JUNGE HERR: Also morgen bei Lobheimers und übermorgen in meinen Armen.

DIE JUNGE FRAU: Leb wohl ...

DER JUNGE HERR *plötzlich wieder besorgt*: Und was wirst du – ihm heut sagen? –

DIE JUNGE FRAU: Frag nicht ... frag nicht ... es ist zu schrecklich. – Warum hab ich dich so lieb! – Adieu. – Wenn ich wieder Menschen auf der Stiege begegne, trifft mich der Schlag. – Pah! –

DER JUNGE HERR *küßt ihr noch einmal die Hand.*

DIE JUNGE FRAU *geht.*

DER JUNGE HERR *bleibt allein zurück. Dann setzt er sich auf den Diwan. Er lächelt vor sich hin und sagt zu sich selbst*: Also jetzt hab ich ein Verhältnis mit einer anständigen Frau.

V

DIE JUNGE FRAU UND DER EHEMANN

Ein behagliches Schlafgemach.
Es ist halb elf Uhr nachts. Die Frau liegt zu Bette und liest.
Der Gatte tritt eben, im Schlafrock, ins Zimmer.

DIE JUNGE FRAU *ohne aufzuschauen*: Du arbeitest nicht mehr?

DER GATTE: Nein. Ich bin zu müde. Und außerdem ...

DIE JUNGE FRAU: Nun? –

DER GATTE: Ich hab mich an meinem Schreibtisch plötzlich so einsam gefühlt. Ich habe Sehnsucht nach dir bekommen.

DIE JUNGE FRAU *schaut auf*: Wirklich?

DER GATTE *setzt sich zu ihr aufs Bett*: Lies heute nicht mehr. Du wirst dir die Augen verderben.

DIE JUNGE FRAU *schlägt das Buch zu*: Was hast du denn?

DER GATTE: Nichts, mein Kind. Verliebt bin ich in dich! Das weißt du ja!

DIE JUNGE FRAU: Man könnte es manchmal fast vergessen.

DER GATTE: Man muß es sogar manchmal vergessen.

DIE JUNGE FRAU: Warum?

DER GATTE: Weil die Ehe sonst etwas Unvollkommenes wäre. Sie würde ... wie soll ich nur sagen ... sie würde ihre Heiligkeit verlieren.

DIE JUNGE FRAU: Oh ...

DER GATTE: Glaube mir – es ist so ... Hätten wir in den fünf Jahren, die wir jetzt miteinander verheiratet sind, nicht manchmal vergessen, daß wir ineinander verliebt sind – wir wären es wohl gar nicht mehr.

DIE JUNGE FRAU: Das ist mir zu hoch.

DER GATTE: Die Sache ist einfach die: wir haben vielleicht schon zehn oder zwölf Liebschaften miteinander gehabt ... Kommt es dir nicht auch so vor?

DIE JUNGE FRAU: Ich hab nicht gezählt! –

DER GATTE: Hätten wir gleich die erste bis zum Ende durchgekostet, hätte ich mich von Anfang an meiner Leidenschaft für dich willenlos hingegeben, es wäre uns gegangen wie den Millionen von anderen Liebespaaren. Wir wären fertig miteinander.

DIE JUNGE FRAU: Ah ... so meinst du das?

DER GATTE: Glaube mir – Emma – in den ersten Tagen unserer Ehe hatte ich Angst, daß es so kommen würde.

DIE JUNGE FRAU: Ich auch.

DER GATTE: Siehst du? Hab ich nicht recht gehabt? Darum ist es gut, immer wieder für einige Zeit nur in guter Freundschaft miteinander hinzuleben.

DIE JUNGE FRAU: Ach so.

DER GATTE: Und so kommt es, daß wir immer wieder neue Flitterwochen miteinander durchleben können, da ich es nie drauf ankommen lasse, die Flitterwochen ...

DIE JUNGE FRAU: Zu Monaten auszudehnen.

DER GATTE: Richtig.

DIE JUNGE FRAU: Und jetzt ... scheint also wieder eine Freundschaftsperiode abgelaufen zu sein –?

DER GATTE *sie zärtlich an sich drückend*: Es dürfte so sein.

DIE JUNGE FRAU: Wenn es aber ... bei mir anders wäre.

DER GATTE: Es ist bei dir nicht anders. Du bist ja das klügste und entzückendste Wesen, das es gibt. Ich bin sehr glücklich, daß ich dich gefunden habe.

DIE JUNGE FRAU: Das ist aber nett, wie du den Hof machen kannst – von Zeit zu Zeit.

DER GATTE *hat sich auch zu Bett begeben*: Für einen Mann, der sich ein bißchen in der Welt umgesehen hat – geh, leg den Kopf an meine Schulter – der sich in der Welt umgesehen hat, bedeutet die Ehe eigentlich etwas viel

Geheimnisvolleres als für euch junge Mädchen aus guter Familie. Ihr tretet uns rein und ... wenigstens bis zu einem gewissen Grad unwissend entgegen, und darum habt ihr eigentlich einen viel klareren Blick für das Wesen der Liebe als wir.

DIE JUNGE FRAU *lachend*: Oh!

DER GATTE: Gewiß. Denn wir sind ganz verwirrt und unsicher geworden durch die vielfachen Erlebnisse, die wir notgedrungen vor der Ehe durchzumachen haben. Ihr hört ja viel und wißt zuviel und lest ja wohl eigentlich auch zuviel, aber einen rechten Begriff von dem, was wir Männer in der Tat erleben, habt ihr ja doch nicht. Uns wird das, was man so gemeinhin die Liebe nennt, recht gründlich widerwärtig gemacht; denn was sind das schließlich für Geschöpfe, auf die wir angewiesen sind!

DIE JUNGE FRAU: Ja, was sind das für Geschöpfe?

DER GATTE *küßt sie auf die Stirn*: Sei froh, mein Kind, daß du nie einen Einblick in diese Verhältnisse erhalten hast. Es sind übrigens meist recht bedauernswerte Wesen – werfen wir keinen Stein auf sie.

DIE JUNGE FRAU: Bitt dich – dieses Mitleid. – Das kommt mir da gar nicht recht angebracht vor.

DER GATTE *mit schöner Milde*: Sie verdienen es. Ihr, die ihr junge Mädchen aus guter Familie wart, die ruhig unter Obhut euerer Eltern auf den Ehrenmann warten konntet, der euch zur Ehe begehrte; – ihr kennt ja das Elend nicht, das die meisten von diesen armen Geschöpfen der Sünde in die Arme treibt.

DIE JUNGE FRAU: So verkaufen sich denn alle?

DER GATTE: Das möchte ich nicht sagen. Ich mein ja auch nicht nur das materielle Elend. Aber es gibt auch – ich möchte sagen – ein sittliches Elend; eine mangelhafte Auffassung für das, was erlaubt, und insbesondere für das, was edel ist.

DIE JUNGE FRAU: Aber warum sind die zu bedauern? – Denen gehts ja ganz gut?

DER GATTE: Du hast sonderbare Ansichten, mein Kind. Du darfst nicht vergessen, daß solche Wesen von Natur aus bestimmt sind, immer tiefer und tiefer zu fallen. Da gibt es kein Aufhalten.

DIE JUNGE FRAU *sich an ihn schmiegend*: Offenbar fällt es sich ganz angenehm.

DER GATTE *peinlich berührt*: Wie kannst du so reden, Emma. Ich denke doch, daß es, gerade für euch anständige Frauen, nichts Widerwärtigeres geben kann als alle diejenigen, die es nicht sind.

DIE JUNGE FRAU: Freilich, Karl, freilich. Ich habs ja auch nur so gesagt. Geh, erzähl weiter. Es ist so nett, wenn du so redst. Erzähl mir was.

DER GATTE: Was denn? –

DIE JUNGE FRAU: Nun – von diesen Geschöpfen.

DER GATTE: Was fällt dir denn ein?

DIE JUNGE FRAU: Schau, ich hab dich schon früher, weißt du, ganz im Anfang hab ich dich immer gebeten, du sollst mir aus deiner Jugend was erzählen.

DER GATTE: Warum interessiert dich denn das?

DIE JUNGE FRAU: Bist du denn nicht mein Mann? Und ist das nicht geradezu eine Ungerechtigkeit, daß ich von deiner Vergangenheit eigentlich gar nichts weiß? –

DER GATTE: Du wirst mich doch nicht für so geschmacklos halten, daß ich – Genug, Emma ... das ist ja wie eine Entweihung.

DIE JUNGE FRAU: Und doch hast du ... wer weiß wieviel andere Frauen gerade so in den Armen gehalten, wie jetzt mich.

DER GATTE: Sag doch nicht »Frauen«. Frau bist du.

DIE JUNGE FRAU: Aber eine Frage mußt du mir beantworten ... sonst ... sonst ... ists nichts mit den Flitterwochen.

DER GATTE: Du hast eine Art, zu reden ... denk doch, daß du Mutter bist ... daß unser Mäderl da drin liegt ...

DIE JUNGE FRAU *an ihn sich schmiegend*: Aber ich möcht auch einen Buben.

DER GATTE: Emma!

DIE JUNGE FRAU: Geh, sei nicht so ... freilich bin ich deine Frau ... aber ich möchte auch ein bissel ... deine Geliebte sein.

DER GATTE: Möchtest du? ...

DIE JUNGE FRAU: Also – zuerst meine Frage.

DER GATTE *gefügig*: Nun?

DIE JUNGE FRAU: War ... eine verheiratete Frau – unter ihnen?

DER GATTE: Wieso? – Wie meinst du das?

DIE JUNGE FRAU: Du weißt schon.

DER GATTE *leicht beunruhigt*: Wie kommst du auf diese Frage?

DIE JUNGE FRAU: Ich möchte wissen, ob es ... das heißt – es gibt solche Frauen ... das weiß ich. Aber ob du ...

DER GATTE *ernst*: Kennst du eine solche Frau?

DIE JUNGE FRAU: Ja, ich weiß das selber nicht.

DER GATTE: Ist unter deinen Freundinnen vielleicht eine solche Frau?

DIE JUNGE FRAU: Ja, wie kann ich das mit Bestimmtheit behaupten – oder verneinen?

DER GATTE: Hat dir vielleicht einmal eine deiner Freundinnen ... Man spricht über gar manches, wenn man so – die Frauen unter sich – hat dir eine gestanden –?

DIE JUNGE FRAU *unsicher*: Nein.

DER GATTE: Hast du bei irgendeiner deiner Freundinnen den Verdacht, daß sie ...

DIE JUNGE FRAU: Verdacht ... oh ... Verdacht.

DER GATTE: Es scheint.

DIE JUNGE FRAU: Gewiß nicht, Karl, sicher nicht. Wenn ich mirs so überlege – ich trau es doch keiner zu.

DER GATTE: Keiner?

DIE JUNGE FRAU: Von meinen Freundinnen keiner.

DER GATTE: Versprich mir etwas, Emma.

DIE JUNGE FRAU: Nun?

DER GATTE: Daß du nie mit einer Frau verkehren wirst, bei der du auch den leisesten Verdacht hast, daß sie ... kein ganz tadelloses Leben führt.

DIE JUNGE FRAU: Das muß ich dir erst versprechen?

DER GATTE: Ich weiß ja, daß du den Verkehr mit solchen Frauen nicht suchen wirst. Aber der Zufall könnte es fügen, daß du ... Ja, es ist sogar sehr häufig, daß gerade solche Frauen, deren Ruf nicht der beste ist, die Gesellschaft von anständigen Frauen suchen, teils um sich ein Relief zu geben, teils aus einem gewissen ... wie soll ich sagen ... aus einem gewissen Heimweh nach der Tugend.

DIE JUNGE FRAU: So.

DER GATTE: Ja. Ich glaube, daß das sehr richtig ist, was ich da gesagt habe. Heimweh nach der Tugend. Denn, daß diese Frauen alle eigentlich sehr unglücklich sind, das kannst du mir glauben.

DIE JUNGE FRAU: Warum?

DER GATTE: Du fragst, Emma? – Wie kannst du denn nur fragen? – Stell dir doch vor, was diese Frauen für eine Existenz führen! Voll Lüge, Tücke, Gemeinheit und voll Gefahren.

DIE JUNGE FRAU: Ja freilich. Da hast du schon Recht.

DER GATTE: Wahrhaftig – sie bezahlen das bißchen Glück ... das bißchen ...

DIE JUNGE FRAU: Vergnügen.

DER GATTE: Warum Vergnügen? Wie kommst du darauf, das Vergnügen zu nennen?

DIE JUNGE FRAU: Nun – etwas muß es doch sein –! Sonst täten sie's ja nicht.

DER GATTE: Nichts ist es ... ein Rausch.

DIE JUNGE FRAU *nachdenklich*: Ein Rausch.

DER GATTE: Nein, es ist nicht einmal ein Rausch. Wie immer – teuer bezahlt, das ist gewiß!

DIE JUNGE FRAU: Also ... du hast das einmal mitgemacht – nicht wahr?

DER GATTE: Ja, Emma. – Es ist meine traurigste Erinnerung.

DIE JUNGE FRAU: Wer ists? Sag! Kenn ich sie?

DER GATTE: Was fällt dir denn ein?

DIE JUNGE FRAU: Ists lange her? War es sehr lang, bevor du mich geheiratet hast?

DER GATTE: Frag nicht. Ich bitt dich, frag nicht.

DIE JUNGE FRAU: Aber Karl!

DER GATTE: Sie ist tot.

DIE JUNGE FRAU: Im Ernst?

DER GATTE: Ja ... es klingt fast lächerlich, aber ich habe die Empfindung, daß alle diese Frauen jung sterben.

DIE JUNGE FRAU: Hast du sie sehr geliebt?

DER GATTE: Lügnerinnen liebt man nicht.

DIE JUNGE FRAU: Also warum ...

DER GATTE: Ein Rausch ...

DIE JUNGE FRAU: Also doch?

DER GATTE: Sprich nicht mehr davon, ich bitt dich. Alles das ist lang vorbei. Geliebt hab ich nur eine – das bist du. Man liebt nur, wo Reinheit und Wahrheit ist.

DIE JUNGE FRAU: Karl!

DER GATTE: Oh, wie sicher, wie wohl fühlt man sich in solchen Armen. Warum hab ich dich nicht schon als Kind gekannt? Ich glaube, dann hätt ich andere Frauen überhaupt nicht angesehen.

DIE JUNGE FRAU: Karl!

DER GATTE: Und schön bist du! ... schön! ... O komm ...
Er löscht das Licht aus.

– –

DIE JUNGE FRAU: Weißt du, woran ich heute denken muß?

DER GATTE: Woran, mein Schatz?

DIE JUNGE FRAU: An ... an ... an Venedig.

DER GATTE: Die erste Nacht ...

DIE JUNGE FRAU: Ja ... so ...

DER GATTE: Was denn –? So sags doch!

DIE JUNGE FRAU: So lieb hast du mich heut.

DER GATTE: Ja, so lieb.

DIE JUNGE FRAU: Ah ... Wenn du immer ...

DER GATTE *in ihren Armen*: Wie?

DIE JUNGE FRAU: Mein Karl!

DER GATTE: Was meinst du? Wenn ich immer ...

DIE JUNGE FRAU: Nun ja.

DER GATTE: Nun, was wär denn, wenn ich immer ...?

DIE JUNGE FRAU: Dann wüßt ich eben immer, daß du mich lieb hast.

DER GATTE: Ja. Du mußt es aber auch so wissen. Man ist nicht immer der liebende Mann, man muß auch zuweilen hinaus ins feindliche Leben, muß kämpfen und streben! Das vergiß nie, mein Kind! Alles hat seine Zeit in der Ehe – das ist eben das Schöne. Es gibt nicht viele, die sich noch nach fünf Jahren an – ihr Venedig erinnern.

DIE JUNGE FRAU: Freilich!

DER GATTE: Und jetzt ... gute Nacht, mein Kind.

DIE JUNGE FRAU: Gute Nacht!

VI
DER GATTE UND DAS SÜSSE MÄDEL

Ein Cabinet particulier im Riedhof. Behagliche, mäßige Eleganz. Der Gasofen brennt. –
Der Gatte, das süße Mädel.
Auf dem Tisch sind die Reste einer Mahlzeit zu sehen, Oberssschaumbaisers, Obst, Käse. In den Weingläsern ein ungarischer weißer Wein.

DER GATTE *raucht eine Havannazigarre, er lehnt in der Ecke des Diwans.*

DAS SÜSSE MÄDEL *sitzt neben ihm auf dem Sessel und löffelt aus einem Baiser den Obersschaum heraus, den sie mit Behagen schlürft.*

DER GATTE: Schmeckts?

DAS SÜSSE MÄDEL *läßt sich nicht stören*: Oh!

DER GATTE: Willst du noch eins?

DAS SÜSSE MÄDEL: Nein, ich hab so schon zuviel gegessen.

DER GATTE: Du hast keinen Wein mehr. *Er schenkt ein.*

DAS SÜSSE MÄDEL: Nein ... aber schaun S', ich laß ihn ja eh stehen.

DER GATTE: Schon wieder sagst du Sie.

DAS SÜSSE MÄDEL: So? – Ja, wissen S', man gewöhnt sich halt so schwer.

DER GATTE: Weißt du.

DAS SÜSSE MÄDEL: Was denn?

DER GATTE: Weißt du, sollst du sagen; nicht wissen S'. – Komm, setz dich zu mir.

DAS SÜSSE MÄDEL: Gleich ... bin noch nicht fertig.

DER GATTE *steht auf, stellt sich hinter den Sessel und umarmt das süße Mädel, indem er ihren Kopf zu sich wendet.*

DAS SÜSSE MÄDEL: Na, was ist denn?

DER GATTE: Einen Kuß möcht ich haben.

DAS SÜSSE MÄDEL *gibt ihm einen Kuß*: Sie sind ... o pardon, du bist ein kecker Mensch.

DER GATTE: Jetzt fällt dir das ein?

DAS SÜSSE MÄDEL: Ah nein, eingefallen ist es mir schon früher ... schon auf der Gassen. – Sie müssen –

DER GATTE: Du mußt.

DAS SÜSSE MÄDEL: Du mußt dir eigentlich was Schönes von mir denken.

DER GATTE: Warum denn?

DAS SÜSSE MÄDEL: Daß ich gleich so mit Ihnen ins chambre séparée gegangen bin.

DER GATTE: Na, gleich kann man doch nicht sagen.

DAS SÜSSE MÄDEL: Aber Sie können halt so schön bitten.

DER GATTE: Findest du?

DAS SÜSSE MÄDEL: Und schließlich, was ist denn dabei?

DER GATTE: Freilich.

DAS SÜSSE MÄDEL: Ob man spazierengeht oder –

DER GATTE: Zum Spazierengehen ist es auch viel zu kalt.

DAS SÜSSE MÄDEL: Natürlich ist zu kalt gewesen.

DER GATTE: Aber da ist es angenehm warm; was? *Er hat sich wieder niedergesetzt, umschlingt das süße Mädel und zieht es an seine Seite.*

DAS SÜSSE MÄDEL *schwach*: Na.

DER GATTE: Jetzt sag einmal ... Du hast mich schon früher bemerkt gehabt, was?

DAS SÜSSE MÄDEL: Natürlich. Schon in der Singerstraßen.

DER GATTE: Nicht heut, mein ich. Auch vorgestern und vorvorgestern, wie ich dir nachgegangen bin.

DAS SÜSSE MÄDEL: Mir gehn gar viele nach.

DER GATTE: Das kann ich mir denken. Aber ob du mich bemerkt hast.

DAS SÜSSE MÄDEL: Wissen S' ... ah ... weißt, was mir neulich passiert ist? Da ist mir der Mann von meiner

Cousine nachg'stiegen in der Dunkeln und hat mich nicht kennt.

DER GATTE: Hat er dich angesprochen?

DAS SÜSSE MÄDEL: Aber was glaubst denn? Meinst, es ist jeder so keck wie du?

DER GATTE: Aber es kommt doch vor.

DAS SÜSSE MÄDEL: Natürlich kommts vor.

DER GATTE: Na, was machst du da?

DAS SÜSSE MÄDEL: Na, nichts. – Keine Antwort geb ich halt.

DER GATTE: Hm ... mir hast du aber eine Antwort gegeben.

DAS SÜSSE MÄDEL: Na, sind S' vielleicht bös?

DER GATTE *küßt sie heftig*: Deine Lippen schmecken nach dem Obersschaum.

DAS SÜSSE MÄDEL: Oh, die sind von Natur aus süß.

DER GATTE: Das haben dir schon viele gesagt?

DAS SÜSSE MÄDEL: Viele!! Was du dir wieder einbildest!

DER GATTE: Na, sei einmal ehrlich. Wie viele haben den Mund da schon geküßt?

DAS SÜSSE MÄDEL: Was fragst mich denn? Du möchtst mirs ja doch nicht glauben, wenn ich dirs sag!

DER GATTE: Warum denn nicht?

DAS SÜSSE MÄDEL: Rat einmal!

DER GATTE: Na, sagen wir – aber du darfst nicht bös sein?

DAS SÜSSE MÄDEL: Warum sollt ich denn bös sein?

DER GATTE: Also ich schätze ... zwanzig.

DAS SÜSSE MÄDEL *sich von ihm losmachend*: Na – warum nicht gleich hundert?

DER GATTE: Ja, ich hab eben geraten.

DAS SÜSSE MÄDEL: Da hast du aber nicht gut geraten.

DER GATTE: Also zehn.

DAS SÜSSE MÄDEL *beleidigt*: Freilich. Eine, die sich auf der Gassen anreden läßt und gleich mitgeht ins chambre séparée!

Der Gatte: Sei doch nicht so kindisch. Ob man auf der Straßen herumläuft oder in einem Zimmer sitzt... Wir sind doch da in einem Gasthaus. Jeden Moment kann der Kellner hereinkommen – da ist doch wirklich gar nichts dran...

Das süsse Mädel: Das hab ich mir eben auch gedacht.

Der Gatte: Warst du schon einmal in einem chambre séparée?

Das süsse Mädel: Also, wenn ich die Wahrheit sagen soll: ja.

Der Gatte: Siehst du, das g'fallt mir, daß du doch wenigstens aufrichtig bist.

Das süsse Mädel: Aber nicht so – wie du dirs wieder denkst. Mit einer Freundin und ihrem Bräutigam bin ich im chambre séparée gewesen, heuer im Fasching einmal.

Der Gatte: Es wär ja auch kein Malheur, wenn du einmal – mit deinem Geliebten –

Das süsse Mädel: Natürlich wärs kein Malheur. Aber ich hab keinen Geliebten.

Der Gatte: Na geh.

Das süsse Mädel: Meiner Seel, ich hab keinen.

Der Gatte: Aber du wirst mir doch nicht einreden wollen, daß ich...

Das süsse Mädel: Was denn?... Ich hab halt keinen – schon seit mehr als einem halben Jahr.

Der Gatte: Ah so... Aber vorher? Wer wars denn?

Das süsse Mädel: Was sind S' denn gar so neugierig?

Der Gatte: Ich bin neugierig, weil ich dich liebhab.

Das süsse Mädel: Is wahr?

Der Gatte: Freilich. Das mußt du doch merken. Erzähl mir also. *Drückt sie fest an sich.*

Das süsse Mädel: Was soll ich dir denn erzählen?

Der Gatte: So laß dich doch nicht so lang bitten. Wers gewesen ist, möcht ich wissen.

DAS SÜSSE MÄDEL *lachend*: Na ein Mann halt.
DER GATTE: Also – also – wer wars?
DAS SÜSSE MÄDEL: Ein bisserl ähnlich hat er dir gesehen.
DER GATTE: So.
DAS SÜSSE MÄDEL: Wenn du ihm nicht so ähnlich schauen tätst –
DER GATTE: Was wär dann?
DAS SÜSSE MÄDEL: Na also frag nicht, wennst schon siehst, daß ...
DER GATTE *versteht*: Also darum hast du dich von mir anreden lassen.
DAS SÜSSE MÄDEL: Na also ja.
DER GATTE: Jetzt weiß ich wirklich nicht, soll ich mich freuen oder soll ich mich ärgern.
DAS SÜSSE MÄDEL: Na, ich an deiner Stell tät mich freuen.
DER GATTE: Na ja.
DAS SÜSSE MÄDEL: Und auch im Reden erinnerst du mich so an ihn ... und wie du einen anschaust ...
DER GATTE: Was ist er denn gewesen?
DAS SÜSSE MÄDEL: Nein, die Augen –
DER GATTE: Wie hat er denn geheißen?
DAS SÜSSE MÄDEL: Nein, schau mich nicht so an, ich bitt dich.
DER GATTE *umfängt sie. Langer heißer Kuß.*
DAS SÜSSE MÄDEL *schüttelt sich, will aufstehen.*
DER GATTE: Warum gehst du fort von mir?
DAS SÜSSE MÄDEL: Es wird Zeit zum Z'hausgehn.
DER GATTE: Später.
DAS SÜSSE MÄDEL: Nein, ich muß wirklich zuhaus gehen. Was glaubst denn, was die Mutter sagen wird.
DER GATTE: Du wohnst bei deiner Mutter?
DAS SÜSSE MÄDEL: Natürlich wohn ich bei meiner Mutter. Was hast denn geglaubt?
DER GATTE: So – bei der Mutter. Wohnst du allein mit ihr?

DAS SÜSSE MÄDEL: Ja freilich allein! Fünf sind wir! Zwei Buben und noch zwei Mädeln.

DER GATTE: So setz dich doch nicht so weit fort von mir. Bist du die Älteste?

DAS SÜSSE MÄDEL: Nein, ich bin die zweite. Zuerst kommt die Kathi, die ist im G'schäft, in einer Blumenhandlung, dann komm ich.

DER GATTE: Wo bist du?

DAS SÜSSE MÄDEL: Na, ich bin z'haus.

DER GATTE: Immer?

DAS SÜSSE MÄDEL: Es muß doch eine z'haus sein.

DER GATTE: Freilich. Ja – und was sagst du denn eigentlich deiner Mutter, wenn du – so spät nach Haus kommst?

DAS SÜSSE MÄDEL: Das ist ja so eine Seltenheit.

DER GATTE: Also heut zum Beispiel. Deine Mutter fragt dich doch?

DAS SÜSSE MÄDEL: Natürlich fragts mich. Da kann ich Obacht geben, soviel ich will – wenn ich nach Haus komm, wachts auf.

DER GATTE: Also, was sagst du ihr da?

DAS SÜSSE MÄDEL: Na, im Theater werd ich halt gewesen sein.

DER GATTE: Und glaubt sie das?

DAS SÜSSE MÄDEL: Na, warum soll s' mir denn nicht glauben? Ich geh ja oft ins Theater. Erst am Sonntag war ich in der Oper mit meiner Freundin und ihrem Bräutigam und mein ältern Bruder.

DER GATTE: Woher habt ihr denn da die Karten?

DAS SÜSSE MÄDEL: Aber, mein Bruder ist ja Friseur!

DER GATTE: Ja, die Friseure... ah, wahrscheinlich Theaterfriseur.

DAS SÜSSE MÄDEL: Was fragst mich denn so aus?

DER GATTE: Es interessiert mich halt. Und was ist denn der andere Bruder?

DAS SÜSSE MÄDEL: Der geht noch in die Schul. Der will ein Lehrer werden. Nein ... so was!

DER GATTE: Und dann hast du noch eine kleine Schwester?

DAS SÜSSE MÄDEL: Ja, die ist noch ein Fratz, aber auf die muß man schon heut so aufpassen. Hast du denn eine Idee, wie die Mädeln in der Schule verdorben werden! Was glaubst! Neulich hab ich sie bei einem Rendezvous erwischt.

DER GATTE: Was?

DAS SÜSSE MÄDEL: Ja! Mit einem Buben von der Schul vis-a-vis ist sie abends um halber acht in der Strozzigasse spazierengegangen. So ein Fratz!

DER GATTE: Und, was hast du da gemacht?

DAS SÜSSE MÄDEL: Na, Schläg hat s' kriegt!

DER GATTE: So streng bist du?

DAS SÜSSE MÄDEL: Na, wer solls denn sein? Die Ältere ist im G'schäft, die Mutter tut nichts als raunzen; – kommt immer alles auf mich.

DER GATTE: Herrgott, bist du lieb! *Küßt sie und wird zärtlicher.* Du erinnerst mich auch an wen.

DAS SÜSSE MÄDEL: So – an wen denn?

DER GATTE: An keine bestimmte ... an die Zeit ... na, halt an meine Jugend. Geh, trink, mein Kind!

DAS SÜSSE MÄDEL: Ja, wie alt bist du denn? Du ... ja ... ich weiß ja nicht einmal, wie du heißt.

DER GATTE: Karl.

DAS SÜSSE MÄDEL: Ists möglich! Karl heißt du?

DER GATTE: Er hat auch Karl geheißen?

DAS SÜSSE MÄDEL: Nein, das ist aber schon das reine Wunder ... das ist ja – nein, die Augen ... Das G'schau ... *Schüttelt den Kopf.*

DER GATTE: Und wer er war – hast du mir noch immer nicht gesagt.

DAS SÜSSE MÄDEL: Ein schlechter Mensch ist er gewesen – das ist g'wiß, sonst hätt er mich nicht sitzenlassen.

Der Gatte: Hast ihn sehr gern g'habt?

Das süsse Mädel: Freilich hab ich ihn gern g'habt.

Der Gatte: Ich weiß, was er war – Leutnant.

Das süsse Mädel: Nein, bei Militär war er nicht. Sie haben ihn nicht genommen. Sein Vater hat ein Haus in der ... aber was brauchst du das zu wissen?

Der Gatte *küßt sie*: Du hast eigentlich graue Augen, anfangs hab ich gemeint, sie sind schwarz.

Das süsse Mädel: Na, sind s' dir vielleicht nicht schön genug?

Der Gatte *küßt ihre Augen.*

Das süsse Mädel: Nein, nein – das vertrag ich schon gar nicht ... oh, ich bitt dich – o Gott ... nein, laß mich aufstehn ... nur für einen Moment – bitt dich.

Der Gatte *immer zärtlicher*: O nein.

Das süsse Mädel: Aber ich bitt dich, Karl ...

Der Gatte: Wie alt bist du? – achtzehn, was?

Das süsse Mädel: Neunzehn vorbei.

Der Gatte: Neunzehn ... und ich –

Das süsse Mädel: Du bist dreißig ...

Der Gatte: Und einige drüber. – Reden wir nicht davon.

Das süsse Mädel: Er war auch schon zweiunddreißig, wie ich ihn kennengelernt hab.

Der Gatte: Wie lang ist das her?

Das süsse Mädel: Ich weiß nimmer ... Du, in dem Wein muß was drin gewesen sein.

Der Gatte: Ja, warum denn?

Das süsse Mädel: Ich bin ganz ... weißt – mir dreht sich alles.

Der Gatte: So halt dich fest an mich. So ... *Er drückt sie an sich und wird immer zärtlicher, sie wehrt kaum ab.* Ich werd dir was sagen, mein Schatz, wir könnten jetzt wirklich gehn.

Das süsse Mädel: Ja ... nach Haus.

DER GATTE: Nicht grad nach Haus ...

DAS SÜSSE MÄDEL: Was meinst denn? ... O nein, o nein ... ich geh nirgends hin, was fallt dir denn ein –

DER GATTE: Also hör mich nur an, mein Kind, das nächste Mal, wenn wir uns treffen, weißt du, da richten wir uns das so ein, daß ... *Er ist zu Boden gesunken, hat seinen Kopf in ihrem Schoß.* Das ist angenehm, oh, das ist angenehm.

DAS SÜSSE MÄDEL: Was machst denn? *Sie küßt seine Haare.* ... Du, in dem Wein muß was drin gewesen sein – so schläfrig ... du, was g'schieht denn, wenn ich nimmer aufstehn kann? Aber, aber, schau, aber Karl ... und wenn wer hereinkommt ... ich bitt dich ... der Kellner.

DER GATTE: Da ... kommt sein Lebtag ... kein Kellner ... herein ...

– –

DAS SÜSSE MÄDEL *lehnt mit geschlossenen Augen in der Diwanecke.*

DER GATTE *geht in dem kleinen Raum auf und ab, nachdem er sich eine Zigarette angezündet.*

Längeres Schweigen.

DER GATTE *betrachtet das süße Mädel lange, für sich*: Wer weiß, was das eigentlich für eine Person ist – Donnerwetter ... So schnell. ... War nicht sehr vorsichtig von mir ... Hm ...

DAS SÜSSE MÄDEL *ohne die Augen zu öffnen*: In dem Wein muß was drin gewesen sein.

DER GATTE: Ja, warum denn?

DAS SÜSSE MÄDEL: Sonst ...

DER GATTE: Warum schiebst du denn alles auf den Wein?

DAS SÜSSE MÄDEL: Wo bist denn? Warum bist denn so weit? Komm doch zu mir.

DER GATTE *zu ihr hin, setzt sich.*

DAS SÜSSE MÄDEL: Jetzt sag mir, ob du mich wirklich gern hast.

DER GATTE: Das weißt du doch ... *Er unterbricht sich rasch.* Freilich.

DAS SÜSSE MÄDEL: Weißt . . es ist doch ... Geh, sag mir die Wahrheit, was war in dem Wein?

DER GATTE: Ja, glaubst du, ich bin ein ... ich bin ein Giftmischer?

DAS SÜSSE MÄDEL: Ja, schau, ich verstehs halt nicht. Ich bin doch nicht so ... Wir kennen uns doch erst seit ... Du, ich bin nicht so ... meiner Seel und Gott – wenn du das von mir glauben tätst –

DER GATTE: Ja – was machst du dir denn da für Sorgen. Ich glaub gar nichts Schlechtes von dir. Ich glaub halt, daß du mich liebhast.

DAS SÜSSE MÄDEL: Ja ...

DER GATTE: Schließlich, wenn zwei junge Leut allein in einem Zimmer sind, und nachtmahlen und trinken Wein ... Es braucht gar nichts drin zu sein in dem Wein ...

DAS SÜSSE MÄDEL: Ich habs ja auch nur so g'sagt.

DER GATTE: Ja, warum denn?

DAS SÜSSE MÄDEL *eher trotzig*: Ich hab mich halt g'schämt.

DER GATTE: Das ist lächerlich. Dazu liegt gar kein Grund vor. Um so mehr, als ich dich an deinen ersten Geliebten erinnere.

DAS SÜSSE MÄDEL: Ja.

DER GATTE: An den ersten.

DAS SÜSSE MÄDEL: Na ja ...

DER GATTE: Jetzt möcht es mich interessieren, wer die anderen waren.

DAS SÜSSE MÄDEL: Niemand.

DER GATTE: Das ist ja nicht wahr, das kann ja nicht wahr sein.

DAS SÜSSE MÄDEL: Geh, bitt dich, sekier mich nicht. –

DER GATTE: Willst eine Zigarette?

DAS SÜSSE MÄDEL: Nein, ich dank schön.

DER GATTE: Weißt du, wie spät es ist?

DAS SÜSSE MÄDEL: Na?

DER GATTE: Halb zwölf.

DAS SÜSSE MÄDEL: So!

DER GATTE: Na ... und die Mutter? Die ist es gewöhnt, was?

DAS SÜSSE MÄDEL: Willst mich wirklich schon z'haus schikken?

DER GATTE: Ja, du hast doch früher selbst –

DAS SÜSSE MÄDEL: Geh, du bist aber wie ausgewechselt. Was hab ich dir denn getan?

DER GATTE: Aber Kind, was hast du denn, was fällt dir denn ein?

DAS SÜSSE MÄDEL: Und es ist nur dein G'schau gewesen, meiner Seel, sonst hättst du lang ... haben mich schon viele gebeten, ich soll mit ihnen ins chambre séparée gehen.

DER GATTE: Na, willst du ... bald wieder mit mir hierher ... oder auch woanders –

DAS SÜSSE MÄDEL: Weiß nicht.

DER GATTE: Was heißt das wieder: Du weißt nicht.

DAS SÜSSE MÄDEL: Na, wenn du mich erst fragst?

DER GATTE: Also wann? Ich möcht dich nur vor allem aufklären, daß ich nicht in Wien lebe. Ich komm nur von Zeit zu Zeit ein paar Tage her.

DAS SÜSSE MÄDEL: Ah geh, du bist kein Wiener?

DER GATTE: Wiener bin ich schon. Aber ich lebe jetzt in der Nähe ...

DAS SÜSSE MÄDEL: Wo denn?

DER GATTE: Ach Gott, das ist ja egal.

DAS SÜSSE MÄDEL: Na, fürcht dich nicht, ich komm nicht hin.

DER GATTE: O Gott, wenn es dir Spaß macht, kannst du auch hinkommen. Ich lebe in Graz.

DAS SÜSSE MÄDEL: Im Ernst?

DER GATTE: Na ja, was wundert dich denn dran?

DAS SÜSSE MÄDEL: Du bist verheiratet, wie?

DER GATTE *höchst erstaunt*: Ja, wie kommst du darauf?

DAS SÜSSE MÄDEL: Mir ist halt so vorgekommen.

DER GATTE: Und das würde dich gar nicht genieren?

DAS SÜSSE MÄDEL: Na, lieber ist mir schon, du bist ledig. – Aber du bist ja doch verheiratet!

DER GATTE: Ja, sag mir nur, wie kommst du denn da darauf?

DAS SÜSSE MÄDEL: Wenn einer sagt, er lebt nicht in Wien und hat nicht immer Zeit –

DER GATTE: Das ist doch nicht so unwahrscheinlich.

DAS SÜSSE MÄDEL: Ich glaubs nicht.

DER GATTE: Und da möchtest du dir gar kein Gewissen machen, daß du einen Ehemann zur Untreue verführst?

DAS SÜSSE MÄDEL: Ah was, deine Frau machts sicher nicht anders als du.

DER GATTE *sehr empört*: Du, das verbiet ich mir. Solche Bemerkungen –

DAS SÜSSE MÄDEL: Du hast ja keine Frau, hab ich geglaubt.

DER GATTE: Ob ich eine hab oder nicht – man macht keine solche Bemerkungen. *Er ist aufgestanden.*

DAS SÜSSE MÄDEL: Karl, na Karl, was ist denn? Bist bös? Schau, ich habs ja wirklich nicht gewußt, daß du verheiratet bist. Ich hab ja nur so g'redt. Geh, komm und sei wieder gut.

DER GATTE *kommt nach ein paar Sekunden zu ihr*: Ihr seid wirklich sonderbare Geschöpfe, ihr ... Weiber. *Er wird wieder zärtlich an ihrer Seite.*

DAS SÜSSE MÄDEL: Geh ... nicht ... es ist auch schon so spät –

DER GATTE: Also jetzt hör mir einmal zu. Reden wir einmal im Ernst miteinander. Ich möcht dich wiedersehen, öfter wiedersehen.

DAS SÜSSE MÄDEL: Is wahr?

DER GATTE: Aber dazu ist notwendig ... also verlassen muß ich mich auf dich können. Aufpassen kann ich nicht auf dich.

DAS SÜSSE MÄDEL: Ah, ich paß schon selber auf mich auf.

DER GATTE: Du bist ... na also, unerfahren kann man ja nicht sagen – aber jung bist du – und – die Männer sind im allgemeinen ein gewissenloses Volk.

DAS SÜSSE MÄDEL: O jeh!

DER GATTE: Ich mein das nicht nur in moralischer Hinsicht. – Na, du verstehst mich sicher.

DAS SÜSSE MÄDEL: Ja, sag mir, was glaubst du denn eigentlich von mir?

DER GATTE: Also – wenn du mich liebhaben willst – nur mich – so können wirs uns so einrichten – wenn ich auch für gewöhnlich in Graz wohne. Da, wo jeden Moment wer hereinkommen kann, ist es ja doch nicht das rechte.

DAS SÜSSE MÄDEL *schmiegt sich an ihn.*

DER GATTE: Das nächste Mal ... werden wir woanders zusammen sein, ja?

DAS SÜSSE MÄDEL: Ja.

DER GATTE: Wo wir ganz ungestört sind.

DAS SÜSSE MÄDEL: Ja.

DER GATTE *umfängt sie heiß*: Das andere besprechen wir im Nachhausfahren. *Steht auf, öffnet die Tür.* Kellner ... die Rechnung!

VII
DAS SÜSSE MÄDEL UND DER DICHTER

Ein kleines Zimmer, mit behaglichem Geschmack eingerichtet. Vorhänge, welche das Zimmer halbdunkel machen. Rote Stores. Großer Schreibtisch, auf dem Papiere und Bücher herumliegen. Ein Pianino an der Wand. Das süße Mädel. Der Dichter. Sie kommen eben zusammen herein. Der Dichter schließt zu.

DER DICHTER: So, mein Schatz. *Küßt sie.*

DAS SÜSSE MÄDEL *mit Hut und Mantille*: Ah! Da ist aber schön! Nur sehen tut man nichts!

DER DICHTER: Deine Augen müssen sich an das Halbdunkel gewöhnen. – Diese süßen Augen – *Küßt sie auf die Augen.*

DAS SÜSSE MÄDEL: Dazu werden die süßen Augen aber nicht Zeit genug haben.

DER DICHTER: Warum denn?

DAS SÜSSE MÄDEL: Weil ich nur eine Minuten dableib.

DER DICHTER: Den Hut leg ab, ja?

DAS SÜSSE MÄDEL: Wegen der einen Minuten?

DER DICHTER *nimmt die Nadel aus ihrem Hut und legt den Hut fort*: Und die Mantille –

DAS SÜSSE MÄDEL: Was willst denn? – Ich muß ja gleich wieder fortgehen.

DER DICHTER: Aber du mußt dich doch ausruhn! Wir sind ja drei Stunden gegangen.

DAS SÜSSE MÄDEL: Wir sind gefahren.

DER DICHTER: Ja, nach Haus – aber in Weidling am Bach sind wir doch drei volle Stunden herumgelaufen. Also setz dich nur schön nieder, mein Kind ... wohin du willst; – hier an den Schreibtisch; – aber nein, das ist nicht bequem. Setz dich auf den Diwan. – So. *Er drückt sie nieder.* Bist du sehr müd, so kannst du dich auch hinlegen. So. *Er legt sie auf den Diwan.* Da, das Kopferl auf den Polster.

DAS SÜSSE MÄDEL *lachend*: Aber ich bin ja gar nicht müd!

DER DICHTER: Das glaubst du nur. So – und wenn du schläfrig bist, kannst du auch schlafen. Ich werde ganz still sein. Übrigens kann ich dir ein Schlummerlied vorspielen ... von mir ... *Geht zum Pianino.*

DAS SÜSSE MÄDEL: Von dir?

DER DICHTER: Ja.

DAS SÜSSE MÄDEL: Ich hab glaubt, Robert, du bist ein Doktor.

DER DICHTER: Wieso? Ich hab dir doch gesagt, daß ich Schriftsteller bin.

DAS SÜSSE MÄDEL: Die Schriftsteller sind doch alle Dokters.

DER DICHTER: Nein, nicht alle. Ich zum Beispiel nicht. Aber wie kommst du jetzt darauf?

DAS SÜSSE MÄDEL: Na, weil du sagst, das Stück, was du da spielen tust, ist von dir.

DER DICHTER: Ja ... vielleicht ist es auch nicht von mir. Das ist ja ganz egal. Was? Überhaupt, wers gemacht hat, das ist immer egal. Nur schön muß es sein – nicht wahr?

DAS SÜSSE MÄDEL: Freilich ... schön muß es sein – das ist die Hauptsach! –

DER DICHTER: Weißt du, wie ich das gemeint hab?

DAS SÜSSE MÄDEL: Was denn?

DER DICHTER: Na, was ich eben gesagt hab.

DAS SÜSSE MÄDEL *schläfrig*: Na freilich.

DER DICHTER *steht auf; zu ihr, ihr das Haar streichelnd*: Kein Wort hast du verstanden.

DAS SÜSSE MÄDEL: Geh, ich bin doch nicht so dumm.

DER DICHTER: Freilich bist du so dumm. Aber gerade darum hab ich dich lieb. Ah, das ist so schön, wenn ihr dumm seid. Ich mein, in der Art wie du.

DAS SÜSSE MÄDEL: Geh, was schimpfst denn?

DER DICHTER: Engel, kleiner. Nicht wahr, es liegt sich gut auf dem weichen persischen Teppich?

DAS SÜSSE MÄDEL: O ja. Geh, willst nicht weiter Klavier spielen?

DER DICHTER: Nein, ich bin schon lieber da bei dir. *Streichelt sie.*

DAS SÜSSE MÄDEL: Geh, willst nicht lieber Licht machen?

DER DICHTER: O nein... Diese Dämmerung tut ja so wohl. Wir waren heute den ganzen Tag wie in Sonnenstrahlen gebadet. Jetzt sind wir sozusagen aus dem Bad gestiegen und schlagen... die Dämmerung wie einen Bademantel – *lacht* – ah nein – das muß anders gesagt werden... Findest du nicht?

DAS SÜSSE MÄDEL: Weiß nicht.

DER DICHTER *sich leicht von ihr entfernend*: Göttlich, diese Dummheit! *Nimmt ein Notizbuch und schreibt ein paar Worte hinein.*

DAS SÜSSE MÄDEL: Was machst denn? *Sich nach ihm umwendend*: Was schreibst dir denn auf?

DER DICHTER *leise*: Sonne, Bad, Dämmerung, Mantel... so... *Steckt das Notizbuch ein. Laut*: Nichts... Jetzt sag einmal, mein Schatz, möchtest du nicht etwas essen oder trinken?

DAS SÜSSE MÄDEL: Durst hab ich eigentlich keinen. Aber Appetit.

DER DICHTER: Hm... mir wär lieber, du hättest Durst. Cognac hab ich nämlich zu Haus, aber Essen müßte ich erst holen.

DAS SÜSSE MÄDEL: Kannst nichts holen lassen?

DER DICHTER: Das ist schwer, meine Bedienerin ist jetzt nicht mehr da – na wart – ich geh schon selber... was magst du denn?

DAS SÜSSE MÄDEL: Aber es zahlt sich ja wirklich nimmer aus, ich muß ja sowieso zu Haus.

DER DICHTER: Kind, davon ist keine Rede. Aber ich werd dir was sagen: wenn wir weggehn, gehn wir zusammen wohin nachtmahlen.

DAS SÜSSE MÄDEL: O nein. Dazu hab ich keine Zeit. Und dann, wohin sollen wir denn? Es könnt uns ja wer Bekannter sehn.

DER DICHTER: Hast du denn gar so viel Bekannte?

DAS SÜSSE MÄDEL: Es braucht uns ja nur einer zu sehn, ists Malheur schon fertig.

DER DICHTER: Was ist denn das für ein Malheur?

DAS SÜSSE MÄDEL: Na, was glaubst, wenn die Mutter was hört . . .

DER DICHTER: Wir können ja doch irgendwohin gehen, wo uns niemand sieht, es gibt ja Gasthäuser mit einzelnen Zimmern.

DAS SÜSSE MÄDEL *singend*: Ja, beim Souper im chambre séparée!

DER DICHTER: Warst du schon einmal in einem chambre séparée?

DAS SÜSSE MÄDEL: Wenn ich die Wahrheit sagen soll – ja.

DER DICHTER: Wer war der Glückliche?

DAS SÜSSE MÄDEL: Oh, das ist nicht, wie du meinst . . . ich war mit meiner Freundin und ihrem Bräutigam. Die haben mich mitgenommen.

DER DICHTER: So. Und das soll ich dir am End glauben?

DAS SÜSSE MÄDEL: Brauchst mir ja nicht zu glauben!

DER DICHTER *nah bei ihr*: Bist du jetzt rot geworden? Man sieht nichts mehr! Ich kann deine Züge nicht mehr aufnehmen. *Mit seiner Hand berührt er ihre Wangen.* Aber auch so erkenn ich dich.

DAS SÜSSE MÄDEL: Na, paß nur auf, daß du mich mit keiner andern verwechselst.

DER DICHTER: Es ist seltsam, ich kann mich nicht mehr erinnern, wie du aussiehst.

DAS SÜSSE MÄDEL: Dank schön!

DER DICHTER *ernst*: Du, das ist beinah unheimlich, ich kann mir dich nicht vorstellen. – In einem gewissen Sinne hab ich dich schon vergessen – Wenn ich mich auch nicht mehr an den Klang deiner Stimme erinnern könnte ... was wärst du da eigentlich? – Nah und fern zugleich ... unheimlich.

DAS SÜSSE MÄDEL: Geh, was redst denn –?

DER DICHTER: Nichts, mein Engel, nichts. Wo sind deine Lippen ... *Er küßt sie.*

DAS SÜSSE MÄDEL: Willst nicht lieber Licht machen?

DER DICHTER: Nein ... *Er wird sehr zärtlich.* Sag, ob du mich liebhast.

DAS SÜSSE MÄDEL: Sehr ... o sehr!

DER DICHTER: Hast du schon irgendwen so liebgehabt wie mich?

DAS SÜSSE MÄDEL: Ich hab dir ja schon gesagt – nein.

DER DICHTER: Aber ... *Er seufzt.*

DAS SÜSSE MÄDEL: Das ist ja mein Bräutigam gewesen.

DER DICHTER: Es wär mir lieber, du würdest jetzt nicht an ihn denken.

DAS SÜSSE MÄDEL: Geh ... was machst denn ... schau ...

DER DICHTER: Wir können uns jetzt auch vorstellen, daß wir in einem Schloß in Indien sind.

DAS SÜSSE MÄDEL: Dort sind s' gewiß nicht so schlimm wie du.

DER DICHTER: Wie blöd! Göttlich – ah, wenn du ahntest, was du für mich bist.

DAS SÜSSE MÄDEL: Na?

DER DICHTER: Stoß mich doch nicht immer weg; ich tu dir ja nichts – vorläufig.

DAS SÜSSE MÄDEL: Du, das Mieder tut mir weh.

DER DICHTER *einfach*: Ziehs aus.

DAS SÜSSE MÄDEL: Ja. Aber du darfst deswegen nicht schlimm werden.

DER DICHTER: Nein.

DAS SÜSSE MÄDEL *hat sich erhoben und zieht in der Dunkelheit ihr Mieder aus.*

DER DICHTER *der währenddessen auf dem Diwan sitzt*: Sag, interessierts dich denn gar nicht, wie ich mit dem Zunamen heiß?

DAS SÜSSE MÄDEL: Ja, wie heißt du denn?

DER DICHTER: Ich werd dir lieber nicht sagen, wie ich heiß, sondern wie ich mich nenne.

DAS SÜSSE MÄDEL: Was ist denn da für ein Unterschied?

DER DICHTER: Na, wie ich mich als Schriftsteller nenne.

DAS SÜSSE MÄDEL: Ah, du schreibst nicht unter deinem wirklichen Namen?

DER DICHTER *nah zu ihr.*

DAS SÜSSE MÄDEL: Ah ... geh! ... nicht.

DER DICHTER: Was einem da für ein Duft entgegensteigt. Wie süß. *Er küßt ihren Busen.*

DAS SÜSSE MÄDEL: Du zerreißt ja mein Hemd.

DER DICHTER: Weg ... weg ... alles das ist überflüssig.

DAS SÜSSE MÄDEL: Aber Robert!

DER DICHTER: Und jetzt komm in unser indisches Schloß.

DAS SÜSSE MÄDEL: Sag mir zuerst, ob du mich wirklich liebhast.

DER DICHTER: Aber ich bete dich ja an. *Küßt sie heiß.* Ich bete dich ja an, mein Schatz, mein Frühling ... mein ...

DAS SÜSSE MÄDEL: Robert ... Robert ...

– –

DER DICHTER: Das war überirdische Seligkeit ... Ich nenne mich ...

DAS SÜSSE MÄDEL: Robert, o mein Robert!

DER DICHTER: Ich nenne mich Biebitz.

DAS SÜSSE MÄDEL: Warum nennst du dich Biebitz?

DER DICHTER: Ich heiße nicht Biebitz – ich nenne mich so ... nun, kennst du den Namen vielleicht nicht?

DAS SÜSSE MÄDEL: Nein.

DER DICHTER: Du kennst den Namen Biebitz nicht? Ah – göttlich! Wirklich? Du sagst es nur, daß du ihn nicht kennst, nicht wahr?

DAS SÜSSE MÄDEL: Meiner Seel, ich hab ihn nie gehört!

DER DICHTER: Gehst du denn nie ins Theater?

DAS SÜSSE MÄDEL: O ja – ich war erst neulich mit einem – weißt, mit dem Onkel von meiner Freundin und meiner Freundin sind wir in der Oper gewesen bei der Cavalleria.

DER DICHTER: Hm, also ins Burgtheater gehst du nie.

DAS SÜSSE MÄDEL: Da krieg ich nie Karten geschenkt.

DER DICHTER: Ich werde dir nächstens eine Karte schicken.

DAS SÜSSE MÄDEL: O ja! Aber nicht vergessen! Zu was Lustigem aber.

DER DICHTER: Ja ... lustig ... zu was Traurigem willst du nicht gehn?

DAS SÜSSE MÄDEL: Nicht gern.

DER DICHTER: Auch wenns ein Stück von mir ist?

DAS SÜSSE MÄDEL: Geh – ein Stück von dir? Du schreibst fürs Theater?

DER DICHTER: Erlaube, ich will nur Licht machen. Ich habe dich noch nicht gesehen, seit du meine Geliebte bist. – Engel! *Er zündet eine Kerze an.*

DAS SÜSSE MÄDEL: Geh, ich schäm mich ja. Gib mir wenigstens eine Decke.

DER DICHTER: Später! *Er kommt mit dem Licht zu ihr, betrachtet sie lang.*

DAS SÜSSE MÄDEL *bedeckt ihr Gesicht mit den Händen*: Geh, Robert!

DER DICHTER: Du bist schön, du bist die Schönheit, du bist vielleicht sogar die Natur, du bist die heilige Einfalt.

DAS SÜSSE MÄDEL: O weh, du tropfst mich ja an! Schau, was gibst denn nicht acht!

DER DICHTER *stellt die Kerze weg*: Du bist das, was ich seit lange gesucht habe. Du liebst nur mich, du würdest mich auch lieben, wenn ich Schnittwarenkommis wäre. Das tut wohl. Ich will dir gestehen, daß ich einen gewissen Verdacht bis zu diesem Moment nicht losgeworden bin. Sag ehrlich, hast du nicht geahnt, daß ich Biebitz bin?

DAS SÜSSE MÄDEL: Aber geh, ich weiß gar nicht, was du von mir willst. Ich kenn ja gar kein Biebitz.

DER DICHTER: Was ist der Ruhm! Nein, vergiß, was ich gesagt habe, vergiß sogar den Namen, den ich dir gesagt hab. Robert bin ich und will ich für dich bleiben. Ich hab auch nur gescherzt. *Leicht*: Ich bin ja nicht Schriftsteller, ich bin Kommis und am Abend spiel ich bei Volkssängern Klavier.

DAS SÜSSE MÄDEL: Ja, jetzt kenn ich mich aber nicht mehr aus ... nein, und wie du einen nur anschaust. Ja, was ist denn, ja was hast denn?

DER DICHTER: Es ist sehr sonderbar – was mir beinah noch nie passiert ist, mein Schatz, mir sind die Tränen nah. Du ergreifst mich tief. Wir wollen zusammenbleiben, ja: Wir werden einander sehr liebhaben.

DAS SÜSSE MÄDEL: Du, ist das wahr mit den Volkssängern?

DER DICHTER: Ja, aber frag nicht weiter. Wenn du mich liebhast, frag überhaupt nichts. Sag, kannst du dich auf ein paar Wochen ganz frei machen?

DAS SÜSSE MÄDEL: Wieso ganz frei?

DER DICHTER: Nun, vom Hause weg?

DAS SÜSSE MÄDEL: Aber!! Wie kann ich das! Was möcht die Mutter sagen? Und dann, ohne mich ging ja alles schief zu Haus.

DER DICHTER: Ich hatte es mir schön vorgestellt, mit dir zusammen, allein mit dir, irgendwo in der Einsamkeit draußen, im Wald, in der Natur ein paar Wochen zu leben. Natur ... in der Natur ... Und dann, eines Tages Adieu – voneinander gehen, ohne zu wissen, wohin.

DAS SÜSSE MÄDEL: Jetzt redst schon vom Adieusagen! Und ich hab gemeint, daß du mich so gern hast.

DER DICHTER: Gerade darum – *Beugt sich zu ihr und küßt sie auf die Stirn.* Du süßes Geschöpf!

DAS SÜSSE MÄDEL: Geh, halt mich fest, mir ist so kalt.

DER DICHTER: Es wird Zeit, daß du dich ankleidest. Warte, ich zünde dir noch ein paar Kerzen an.

DAS SÜSSE MÄDEL *erhebt sich*: Nicht herschauen.

DER DICHTER: Nein. *Am Fenster*: Sag mir, mein Kind, bist du glücklich?

DAS SÜSSE MÄDEL: Wie meinst das?

DER DICHTER: Ich mein im allgemeinen, ob du glücklich bist?

DAS SÜSSE MÄDEL: Es könnt schon besser gehen.

DER DICHTER: Du mißverstehst mich. Von deinen häuslichen Verhältnissen hast du mir ja schon genug erzählt. Ich weiß, daß du keine Prinzessin bist. Ich mein, wenn du von alledem absiehst, wenn du dich einfach leben spürst. Spürst du dich überhaupt leben?

DAS SÜSSE MÄDEL: Geh, hast kein Kamm?

DER DICHTER *geht zum Toilettentisch, gibt ihr den Kamm, betrachtet das süße Mädel*: Herrgott, siehst du so entzückend aus!

DAS SÜSSE MÄDEL: Na ... nicht!

DER DICHTER: Geh, bleib noch da, bleib da, ich hol was zum Nachtmahl und ...

DAS SÜSSE MÄDEL: Aber es ist ja schon viel zu spät.

DER DICHTER: Es ist noch nicht neun.

DAS SÜSSE MÄDEL: Na, sei so gut, da muß ich mich aber tummeln.

DER DICHTER: Wann werden wir uns denn wiedersehen?

DAS SÜSSE MÄDEL: Na, wann willst mich denn wiedersehen?

DER DICHTER: Morgen.

DAS SÜSSE MÄDEL: Was ist denn morgen für ein Tag?

DER DICHTER: Samstag.

DAS SÜSSE MÄDEL: Oh, da kann ich nicht, da muß ich mit meiner kleinen Schwester zum Vormund.

DER DICHTER: Also Sonntag ... hm ... Sonntag ... am Sonntag ... jetzt werd ich dir was erklären. – Ich bin nicht Biebitz, aber Biebitz ist mein Freund. Ich werd dir ihn einmal vorstellen. Aber Sonntag ist das Stück von Biebitz; ich werd dir eine Karte schicken und werde dich dann vom Theater abholen. Du wirst mir sagen, wie dir das Stück gefallen hat, ja?

DAS SÜSSE MÄDEL: Jetzt, die G'schicht mit dem Biebitz – da bin ich schon ganz blöd.

DER DICHTER: Völlig werd ich dich erst kennen, wenn ich weiß, was du bei diesem Stück empfunden hast.

DAS SÜSSE MÄDEL: So ... ich bin fertig.

DER DICHTER: Komm, mein Schatz! *Sie gehen.*

VIII
DER DICHTER UND DIE SCHAUSPIELERIN

Ein Zimmer in einem Gasthof auf dem Land. Es ist ein Frühlingsabend; über den Wiesen und Hügeln liegt der Mond, die Fenster stehen offen. Große Stille. Der Dichter und die Schauspielerin treten ein; wie sie hereintreten, verlöscht das Licht, das der Dichter in der Hand hält.

DICHTER: Oh . . .

SCHAUSPIELERIN: Was ist denn?

DICHTER: Das Licht. – Aber wir brauchen keins. Schau, es ist ganz hell. Wunderbar!

SCHAUSPIELERIN *sinkt am Fenster plötzlich nieder, mit gefalteten Händen.*

DICHTER: Was hast du denn?

SCHAUSPIELERIN *schweigt.*

DICHTER *zu ihr hin*: Was machst du denn?

SCHAUSPIELERIN *empört*: Siehst du nicht, daß ich bete? –

DICHTER: Glaubst du an Gott?

SCHAUSPIELERIN: Gewiß, ich bin ja kein blasser Schurke.

DICHTER: Ach so!

SCHAUSPIELERIN: Komm doch zu mir, knie dich neben mich hin. Kannst wirklich auch einmal beten. Wird dir keine Perle aus der Krone fallen.

DICHTER *kniet neben sie hin und umfaßt sie.*

SCHAUSPIELERIN: Wüstling! – *Erhebt sich.* Und weißt du auch, zu wem ich gebetet habe?

DICHTER: Zu Gott, nehm ich an.

SCHAUSPIELERIN *großer Hohn*: Jawohl! Zu dir hab ich gebetet.

DICHTER: Warum hast du denn da zum Fenster hinausgeschaut?

SCHAUSPIELERIN: Sag mir lieber, wo du mich da hingeschleppt hast, Verführer!

DICHTER: Aber Kind, das war ja deine Idee. Du wolltest ja aufs Land – und gerade hierher.

SCHAUSPIELERIN: Nun, hab ich nicht recht gehabt?

DICHTER: Gewiß, es ist ja entzückend hier. Wenn man bedenkt, zwei Stunden von Wien – und die völlige Einsamkeit. Und was für eine Gegend!

SCHAUSPIELERIN: Was? Da könntest du wohl mancherlei dichten, wenn du zufällig Talent hättest.

DICHTER: Warst du hier schon einmal?

SCHAUSPIELERIN: Ob ich hier schon war? Ha! Hier hab ich jahrelang gelebt!

DICHTER: Mit wem?

SCHAUSPIELERIN: Nun, mit Fritz natürlich.

DICHTER: Ach so!

SCHAUSPIELERIN: Den Mann hab ich wohl angebetet! –

DICHTER: Das hast du mir bereits erzählt.

SCHAUSPIELERIN: Ich bitte – ich kann auch wieder gehen, wenn ich dich langweile!

DICHTER: Du mich langweilen? ... Du ahnst ja gar nicht, was du für mich bedeutest ... Du bist eine Welt für sich ... Du bist das Göttliche, du bist das Genie ... Du bist ... Du bist eigentlich die heilige Einfalt ... Ja, du .. Aber du solltest jetzt nicht von Fritz reden.

SCHAUSPIELERIN: Das war wohl eine Verirrung! Na! –

DICHTER: Es ist schön, daß du das einsiehst.

SCHAUSPIELERIN: Komm her, gib mir einen Kuß!

DICHTER *küßt sie.*

SCHAUSPIELERIN: Jetzt wollen wir uns aber eine gute Nacht sagen! Leb wohl, mein Schatz!

DICHTER: Wie meinst du das?

SCHAUSPIELERIN: Nun, ich werde mich schlafen legen!

DICHTER: Ja – das schon, aber was das Gutenachtsagen anbelangt ... Wo soll denn ich übernachten?

SCHAUSPIELERIN: Es gibt gewiß noch viele Zimmer in diesem Haus.

DICHTER: Die anderen haben aber keinen Reiz für mich. Jetzt werd ich übrigens Licht machen, meinst du nicht?

SCHAUSPIELERIN: Ja.

DICHTER *zündet das Licht an, das auf dem Nachtkästchen steht*: Was für ein hübsches Zimmer ... und fromm sind die Leute hier. Lauter Heiligenbilder ... Es wäre interessant, eine Zeit unter diesen Menschen zu verbringen ...doch eine andre Welt. Wir wissen eigentlich so wenig von den andern.

SCHAUSPIELERIN: Rede keinen Stiefel und reiche mir lieber diese Tasche von dem Tisch herüber.

DICHTER: Hier, meine Einzige!

SCHAUSPIELERIN *nimmt aus dem Täschchen ein kleines, gerahmtes Bildchen, stellt es auf das Nachtkästchen.*

DICHTER: Was ist das?

SCHAUSPIELERIN: Das ist die Madonna.

DICHTER: Die hast du immer mit?

SCHAUSPIELERIN: Das ist mein Talisman. Und jetzt geh, Robert!

DICHTER: Aber was sind das für Scherze? Soll ich dir nicht helfen?

SCHAUSPIELERIN: Nein, du sollst jetzt gehn.

DICHTER: Und wann soll ich wiederkommen?

SCHAUSPIELERIN: In zehn Minuten.

DICHTER *küßt sie*: Auf Wiedersehen!

SCHAUSPIELERIN: Wo willst du denn hin?

DICHTER: Ich werde vor dem Fenster auf und ab gehen. Ich liebe es sehr, nachts im Freien herumzuspazieren. Meine besten Gedanken kommen mir so. Und gar in deiner Nähe, von deiner Sehnsucht sozusagen umhaucht ... in deiner Kunst wehend.

SCHAUSPIELERIN: Du redest wie ein Idiot ...

DICHTER *schmerzlich*: Es gibt Frauen, welche vielleich sagen würden ... wie ein Dichter.

SCHAUSPIELERIN: Nun geh endlich. Aber fang mir kei Verhältnis mit der Kellnerin an. –

DICHTER *geht.*

SCHAUSPIELERIN *kleidet sich aus. Sie hört, wie der Dichte über die Holztreppe hinuntergeht, und hört jetzt sein Schritte unter dem Fenster. Sie geht, sobald sie ausgekleidet ist, zum Fenster, sieht hinunter, er steht da; si ruft flüsternd hinunter*: Komm!

DICHTER *kommt rasch herauf, stürzt zu ihr, die sich unterdessen ins Bett gelegt und das Licht ausgelöscht hat; e sperrt ab.*

SCHAUSPIELERIN: So, jetzt kannst du dich zu mir setzen un mir was erzählen.

DICHTER *setzt sich zu ihr aufs Bett*: Soll ich nicht das Fenster schließen? Ist dir nicht kalt?

SCHAUSPIELERIN: O nein!

DICHTER: Was soll ich dir erzählen?

SCHAUSPIELERIN: Nun, wem bist du in diesem Moment untreu?

DICHTER: Ich bin es ja leider noch nicht.

SCHAUSPIELERIN: Nun tröste dich, ich betrüge auch jemanden.

DICHTER: Das kann ich mir denken.

SCHAUSPIELERIN: Und was glaubst du, wen?

DICHTER: Ja, Kind, davon kann ich keine Ahnung haben.

SCHAUSPIELERIN: Nun, rate.

DICHTER: Warte ... Na, deinen Direktor.

SCHAUSPIELERIN: Mein Lieber, ich bin keine Choristin.

DICHTER: Nun, ich dachte nur.

SCHAUSPIELERIN: Rate noch einmal.

DICHTER: Also du betrügst deinen Kollegen ... Benno –

SCHAUSPIELERIN: Ha! Der Mann liebt ja überhaupt keine

Frauen ... weißt du das nicht? Der Mann hat ja ein Verhältnis mit seinem Briefträger!

DICHTER: Ist das möglich! –

SCHAUSPIELERIN: So gib mir lieber einen Kuß!

DICHTER *umschlingt sie.*

SCHAUSPIELERIN: Aber was tust du denn?

DICHTER: So quäl mich doch nicht so.

SCHAUSPIELERIN: Höre, Robert, ich werde dir einen Vorschlag machen. Leg dich zu mir ins Bett.

DICHTER: Angenommen!

SCHAUSPIELERIN: Komm schnell, komm schnell!

DICHTER: Ja ... wenn es nach mir gegangen wäre, wär ich schon längst ... Hörst du ...

SCHAUSPIELERIN: Was denn?

DICHTER: Draußen zirpen die Grillen.

SCHAUSPIELERIN: Du bist wohl wahnsinnig, mein Kind, hier gibt es keine Grillen.

DICHTER: Aber du hörst sie doch.

SCHAUSPIELERIN: Nun, so komm, endlich!

DICHTER: Da bin ich. *Zu ihr.*

SCHAUSPIELERIN: So, jetzt bleib schön ruhig liegen ... Pst ... nicht rühren.

DICHTER: Ja, was fällt dir denn ein?

SCHAUSPIELERIN: Du möchtest wohl gerne ein Verhältnis mit mir haben?

DICHTER: Das dürfte dir doch bereits klar sein.

SCHAUSPIELERIN: Nun, das möchte wohl mancher ...

DICHTER: Es ist aber doch nicht zu bezweifeln, daß in diesem Moment ich die meisten Chancen habe.

SCHAUSPIELERIN: So komm, meine Grille! Ich werde dich von nun an Grille nennen.

DICHTER: Schön ...

SCHAUSPIELERIN: Nun, wen betrüg ich?

DICHTER: Wen? ... Vielleicht mich ...

SCHAUSPIELERIN: Mein Kind, du bist schwer gehirnleidend.

DICHTER: Oder einen ... den du selbst nie gesehen ... einen, den du nicht kennst, einen – der für dich bestimmt ist und den du nie finden kannst ...

SCHAUSPIELERIN: Ich bitte dich, rede nicht so märchenhaft blöd.

DICHTER: ... Ist es nicht sonderbar ... auch du – und man sollte doch glauben. – Aber nein, es hieße dir dein Bestes rauben, wollte man dir ... komm, komm – – komm –

– –

SCHAUSPIELERIN: Das ist doch schöner als in blödsinnigen Stücken spielen ... was meinst du?

DICHTER: Nun, ich mein, es ist gut, daß du doch zuweilen in vernünftigen zu spielen hast.

SCHAUSPIELERIN: Du arroganter Hund meinst gewiß wieder das deine?

DICHTER: Jawohl!

SCHAUSPIELERIN *ernst*: Das ist wohl ein herrliches Stück!

DICHTER: Nun also!

SCHAUSPIELERIN: Ja, du bist ein großes Genie, Robert!

DICHTER: Bei dieser Gelegenheit könntest du mir übrigens sagen, warum du vorgestern abgesagt hast. Es hat dir doch absolut gar nichts gefehlt.

SCHAUSPIELERIN: Nun, ich wollte dich ärgern.

DICHTER: Ja, warum denn? Was hab ich dir denn getan?

SCHAUSPIELERIN: Arrogant bist du gewesen.

DICHTER: Wieso?

SCHAUSPIELERIN: Alle im Theater finden es.

DICHTER: So.

SCHAUSPIELERIN: Aber ich hab ihnen gesagt: Der Mann hat wohl ein Recht, arrogant zu sein.

DICHTER: Und was haben die anderen geantwortet?

SCHAUSPIELERIN: Was sollen mir denn die Leute antworten? Ich rede ja mit keinem.

DICHTER: Ach so.

SCHAUSPIELERIN: Sie möchten mich am liebsten alle vergiften. Aber das wird ihnen nicht gelingen.

DICHTER: Denke jetzt nicht an die anderen Menschen. Freue dich lieber, daß wir hier sind, und sage mir, daß du mich liebhast.

SCHAUSPIELERIN: Verlangst du noch weitere Beweise?

DICHTER: Bewiesen kann das überhaupt nicht werden.

SCHAUSPIELERIN: Das ist aber großartig! Was willst du denn noch?

DICHTER: Wie vielen hast du es schon auf diese Art beweisen wollen ... hast du alle geliebt?

SCHAUSPIELERIN: O nein. Geliebt hab ich nur einen.

DICHTER *umarmt sie*: Mein ...

SCHAUSPIELERIN: Fritz.

DICHTER: Ich heiße Robert. Was bin ich denn für dich, wenn du jetzt an Fritz denkst?

SCHAUSPIELERIN: Du bist eine Laune.

DICHTER: Gut, daß ich es weiß.

SCHAUSPIELERIN: Nun sag, bist du nicht stolz?

DICHTER: Ja, weshalb soll ich denn stolz sein?

SCHAUSPIELERIN: Ich denke, daß du wohl einen Grund dazu hast.

DICHTER: Ach deswegen.

SCHAUSPIELERIN: Jawohl, deswegen, meine blasse Grille! – Nun, wie ist das mit dem Zirpen? Zirpen sie noch?

DICHTER: Ununterbrochen. Hörst du's denn nicht?

SCHAUSPIELERIN: Freilich hör ich. Aber das sind Frösche, mein Kind.

DICHTER: Du irrst dich, die quaken.

SCHAUSPIELERIN: Gewiß quaken sie.

DICHTER: Aber nicht hier, mein Kind, hier wird gezirpt.

SCHAUSPIELERIN: Du bist wohl das Eigensinnigste, was mir je untergekommen ist. Gib mir einen Kuß, mein Frosch!

DICHTER: Bitte sehr, nenn mich nicht so. Das macht mich direkt nervös.

SCHAUSPIELERIN: Nun, wie soll ich dich nennen?

DICHTER: Ich hab doch einen Namen: Robert.

SCHAUSPIELERIN: Ach, das ist zu dumm.

DICHTER: Ich bitte dich aber, mich einfach so zu nennen, wie ich heiße.

SCHAUSPIELERIN: Also, Robert, gib mir einen Kuß ... Ah! *Sie küßt ihn.* Bist du jetzt zufrieden, Frosch? Hahahaha.

DICHTER: Würdest du mir erlauben, mir eine Zigarette anzuzünden?

SCHAUSPIELERIN: Gib mir auch eine.

Er nimmt die Zigarettentasche vom Nachtkästchen, entnimmt ihr zwei Zigaretten, zündet beide an, gibt ihr eine.

SCHAUSPIELERIN: Du hast mir übrigens noch kein Wort über meine gestrige Leistung gesagt.

DICHTER: Über welche Leistung?

SCHAUSPIELERIN: Nun.

DICHTER: Ach so. Ich war nicht im Theater.

SCHAUSPIELERIN: Du beliebst wohl zu scherzen.

DICHTER: Durchaus nicht. Nachdem du vorgestern abgesagt hattest, habe ich angenommen, daß du auch gestern noch nicht im Vollbesitze deiner Kräfte sein würdest, und da hab ich lieber verzichtet.

SCHAUSPIELERIN: Du hast wohl viel versäumt.

DICHTER: So.

SCHAUSPIELERIN: Es war sensationell. Die Menschen sind blaß geworden.

DICHTER: Hast du das deutlich bemerkt?

SCHAUSPIELERIN: Benno sagte: Kind, du hast gespielt wie eine Göttin.

DICHTER: Hm! ... Und vorgestern noch so krank.

SCHAUSPIELERIN: Jawohl; ich war es auch. Und weißt du warum? Vor Sehnsucht nach dir.

DICHTER: Früher hast du mir erzählt, du wolltest mich ärgern und hast darum abgesagt.

SCHAUSPIELERIN: Aber was weißt du von meiner Liebe zu dir. Dich läßt das ja alles kalt. Und ich bin schon nächtelang im Fieber gelegen. Vierzig Grad!

DICHTER: Für eine Laune ist das ziemlich hoch.

SCHAUSPIELERIN: Laune nennst du das? Ich sterbe vor Liebe zu dir, und du nennst es Laune – ?!

DICHTER: Und Fritz ...?

SCHAUSPIELERIN: Fritz? ... Rede mir nicht von diesem Galeerensträfling! –

IX

DIE SCHAUSPIELERIN UND DER GRAF

Das Schlafzimmer der Schauspielerin. Sehr üppig eingerichtet. Es ist zwölf Uhr mittags, die Rouleaux sind noch heruntergelassen, auf dem Nachtkästchen brennt eine Kerze, die Schauspielerin liegt noch in ihrem Himmelbett. Auf der Decke liegen zahlreiche Zeitungen.
Der Graf tritt ein in der Uniform eines Dragonerrittmeisters. Er bleibt an der Tür stehen.

SCHAUSPIELERIN: Ah, Herr Graf.

GRAF: Die Frau Mama hat mir erlaubt, sonst wär ich nicht –

SCHAUSPIELERIN: Bitte, treten Sie nur näher.

GRAF: Küß die Hand. Pardon – wenn man von der Straßen hereinkommt ... ich seh nämlich noch rein gar nichts. So ... da wären wir ja – *am Bett* – Küß die Hand.

SCHAUSPIELERIN: Nehmen Sie Platz, Herr Graf.

GRAF: Frau Mama sagte mir, Fräulein sind unpäßlich ... Wird doch hoffentlich nichts Ernstes sein.

SCHAUSPIELERIN: Nichts Ernstes? Ich bin dem Tode nahe gewesen!

GRAF: Um Gottes willen, wie ist denn das möglich?

SCHAUSPIELERIN: Es ist jedenfalls sehr freundlich, daß Sie sich zu mir bemühen.

GRAF: Dem Tode nahe! Und gestern abend haben Sie noch gespielt wie eine Göttin.

SCHAUSPIELERIN: Es war wohl ein großer Triumph.

GRAF: Kolossal! ... Die Leute waren auch alle hingerissen. Und von mir will ich gar nicht reden.

SCHAUSPIELERIN: Ich danke für die schönen Blumen.

GRAF: Aber bitt Sie, Fräulein.

SCHAUSPIELERIN *mit den Augen auf einen großen Blumen-*

korb weisend, der auf einem kleinen Tischchen auf dem Fenster steht: Hier stehen sie.

GRAF: Sie sind gestern förmlich überschüttet worden mit Blumen und Kränzen.

SCHAUSPIELERIN: Das liegt noch alles in meiner Garderobe. Nur Ihren Korb habe ich mit nach Hause gebracht.

GRAF *küßt ihr die Hand*: Das ist lieb von Ihnen.

SCHAUSPIELERIN *nimmt die seine plötzlich und küßt sie.*

GRAF: Aber Fräulein.

SCHAUSPIELERIN: Erschrecken Sie nicht, Herr Graf, das verpflichtet Sie zu gar nichts.

GRAF: Sie sind ein sonderbares Wesen... rätselhaft könnte man fast sagen. – *Pause.*

SCHAUSPIELERIN: Das Fräulein Birken ist wohl leichter aufzulösen.

GRAF: Ja, die kleine Birken ist kein Problem, obzwar... ich kenne sie ja auch nur oberflächlich.

SCHAUSPIELERIN: Ha!

GRAF: Sie können mirs glauben. Aber Sie sind ein Problem. Danach hab ich immer Sehnsucht gehabt. Es ist mir eigentlich ein großer Genuß entgangen, dadurch, daß ich Sie gestern... das erstemal spielen gesehen habe.

SCHAUSPIELERIN: Ist das möglich?

GRAF: Ja. Schauen Sie, Fräulein, es ist so schwer mit dem Theater. Ich bin gewöhnt, spät zu dinieren... also wenn man dann hinkommt, ists Beste vorbei. Ists nicht wahr?

SCHAUSPIELERIN: So werden Sie eben von jetzt an früher essen.

GRAF: Ja, ich hab auch schon daran gedacht. Oder gar nicht. Es ist ja wirklich kein Vergnügen, das Dinieren.

SCHAUSPIELERIN: Was kennen Sie jugendlicher Greis eigentlich noch für ein Vergnügen?

GRAF: Das frag ich mich selber manchmal! Aber ein Greis bin ich nicht. Es muß einen anderen Grund haben.

SCHAUSPIELERIN: Glauben Sie?

GRAF: Ja. Der Lulu sagt beispielsweise, ich bin ein Philosoph. Wissen Sie, Fräulein, er meint, ich denk zuviel nach.

SCHAUSPIELERIN: Ja ... denken, das ist das Unglück.

GRAF: Ich hab zuviel Zeit, drum denk ich nach. Bitt Sie, Fräulein, schaun S', ich hab mir gedacht, wenn s' mich nach Wien transferieren, wirds besser. Da gibts Zerstreuung, Anregung. Aber es ist im Grund doch nicht anders als da oben.

SCHAUSPIELERIN: Wo ist denn das da oben?

GRAF: Da, da unten, wissen S', Fräulein, in Ungarn, in die Nester, wo ich meistens in Garnison war.

SCHAUSPIELERIN: Ja, was haben Sie denn in Ungarn gemacht?

GRAF: Na, wie ich sag, Fräulein, Dienst.

SCHAUSPIELERIN: Ja, warum sind Sie denn so lang in Ungarn geblieben?

GRAF: Ja, das kommt so.

SCHAUSPIELERIN: Da muß man ja wahnsinnig werden.

GRAF: Warum denn? Zu tun hat man eigentlich mehr wie da. Wissen S', Fräulein, Rekruten ausbilden, Remonten reiten ... und dann ists nicht so arg mit der Gegend, wie man sagt. Es ist schon ganz was Schönes, die Tiefebene – und so ein Sonnenuntergang, es ist schade, daß ich kein Maler bin, ich hab mir manchmal gedacht, wenn ich ein Maler wär, tät ichs malen. Einen haben wir gehabt beim Regiment, einen jungen Splany, der hats können. – Aber was erzähl ich Ihnen da für fade Gschichten, Fräulein.

SCHAUSPIELERIN: O bitte, ich amüsiere mich königlich.

GRAF: Wissen S', Fräulein, mit Ihnen kann man plaudern, das hat mir der Lulu schon gsagt, und das ists, was man selten findt.

SCHAUSPIELERIN: Nun freilich, in Ungarn.

GRAF: Aber in Wien grad so! Die Menschen sind überall dieselben; da wo mehr sind, ist halt das Gedräng größer, das ist der ganze Unterschied. Sagen S', Fräulein, haben Sie die Menschen eigentlich gern?

SCHAUSPIELERIN: Gern –?? Ich hasse sie! Ich kann keine sehn! Ich seh auch nie jemanden. Ich bin immer allein, dieses Haus betritt niemand.

GRAF: Sehn S', das hab ich mir gedacht, daß Sie eigentlich eine Menschenfeindin sind. Bei der Kunst muß das oft vorkommen. Wenn man so in den höheren Regionen... na, Sie habens gut. Sie wissen doch wenigstens, warum Sie leben!

SCHAUSPIELERIN: Wer sagt Ihnen das? Ich habe keine Ahnung, wozu ich lebe!

GRAF: Ich bitt Sie, Fräulein – berühmt – gefeiert –

SCHAUSPIELERIN: Ist das vielleicht ein Glück?

GRAF: Glück? Bitt Sie, Fräulein, Glück gibts nicht. Überhaupt gerade die Sachen, von denen am meisten g'redt wird, gibts nicht... zum Beispiel die Liebe. Das ist auch so was.

SCHAUSPIELERIN: Da haben Sie wohl recht.

GRAF: Genuß... Rausch... also gut, da läßt sich nichts sagen... das ist was Sicheres. Jetzt genieße ich... gut, ich weiß, ich genieß. Oder ich bin berauscht, schön. Das ist auch sicher. Und ists vorbei, so ist es halt vorbei.

SCHAUSPIELERIN *groß*: Es ist vorbei!

GRAF: Aber sobald man sich nicht, wie soll ich mich denn ausdrücken, sobald man sich nicht dem Moment hingibt, also an später denkt oder an früher... na, ist es doch gleich aus. Später... ist traurig... früher ist ungewiß ... mit einem Wort... man wird nur konfus. Hab ich nicht recht?

SCHAUSPIELERIN *nickt mit großen Augen*: Sie haben wohl den Sinn erfaßt.

GRAF: Und sehen S', Fräulein, wenn einem das einmal

klar geworden ist, ists ganz egal, ob man in Wien lebt oder in der Pußta oder in Steinamanger. Schaun S' zum Beispiel ... wo darf ich denn die Kappen hinlegen? So, ich dank schön ... wovon haben wir denn nur gesprochen?

SCHAUSPIELERIN: Von Steinamanger.

GRAF: Richtig. Also wie ich sag, der Unterschied ist nicht groß. Ob ich am Abend im Kasino sitz oder im Klub, ist doch alles eins.

SCHAUSPIELERIN: Und wie verhält sich denn das mit der Liebe?

GRAF: Wenn man dran glaubt, ist immer eine da, die einen gern hat.

SCHAUSPIELERIN: Zum Beispiel das Fräulein Birken.

GRAF: Ich weiß wirklich nicht, Fräulein, warum Sie immer auf die kleine Birken zu reden kommen.

SCHAUSPIELERIN: Das ist doch Ihre Geliebte.

GRAF: Wer sagt denn das?

SCHAUSPIELERIN: Jeder Mensch weiß das.

GRAF: Nur ich nicht, es ist merkwürdig.

SCHAUSPIELERIN: Sie haben doch ihretwegen ein Duell gehabt!

GRAF: Vielleicht bin ich sogar totgeschossen worden und habs gar nicht bemerkt.

SCHAUSPIELERIN: Nun, Herr Graf, Sie sind ein Ehrenmann. Setzen Sie sich näher.

GRAF: Bin so frei.

SCHAUSPIELERIN: Hierher. *Sie zieht ihn an sich, fährt ihm mit der Hand durch die Haare.* Ich hab gewußt, daß Sie heute kommen werden!

GRAF: Wieso denn?

SCHAUSPIELERIN: Ich hab es bereits gestern im Theater gewußt.

GRAF: Haben Sie mich denn von der Bühne aus gesehen?

SCHAUSPIELERIN: Aber Mann! Haben Sie denn nicht bemerkt, daß ich nur für Sie spiele?

GRAF: Wie ist das denn möglich?

SCHAUSPIELERIN: Ich bin ja so geflogen, wie ich Sie in der ersten Reihe sitzen sah!

GRAF: Geflogen? Meinetwegen? Ich hab keine Ahnung gehabt, daß Sie mich bemerkten!

SCHAUSPIELERIN: Sie können einen auch mit Ihrer Vornehmheit zur Verzweiflung bringen.

GRAF: Ja Fräulein ...

SCHAUSPIELERIN: »Ja Fräulein«! ... So schnallen Sie doch wenigstens Ihren Säbel ab!

GRAF: Wenn es erlaubt ist. *Schnallt ihn ab, lehnt ihn ans Bett.*

SCHAUSPIELERIN: Und gib mir endlich einen Kuß.

GRAF *küßt sie, sie läßt ihn nicht los.*

SCHAUSPIELERIN: Dich hätte ich auch lieber nie erblicken sollen.

GRAF: Es ist doch besser so! –

SCHAUSPIELERIN: Herr Graf, Sie sind ein Poseur!

GRAF: Ich – warum denn?

SCHAUSPIELERIN: Was glauben Sie, wie glücklich wär mancher, wenn er an Ihrer Stelle sein dürfte!

GRAF: Ich bin sehr glücklich.

SCHAUSPIELERIN: Nun, ich dachte, es gibt kein Glück. Wie schaust du mich denn an? Ich glaube, Sie haben Angst vor mir, Herr Graf!

GRAF: Ich sags ja, Fräulein, Sie sind ein Problem.

SCHAUSPIELERIN: Ach, laß du mich in Frieden mit der Philosophie ... komm zu mir. Und jetzt bitt mich um irgendwas ... du kannst alles haben, was du willst. Du bist zu schön.

GRAF: Also ich bitte um die Erlaubnis – *ihre Hand küssend* –, daß ich heute abends wiederkommen darf.

SCHAUSPIELERIN: Heute abend ... ich spiele ja.

GRAF: Nach dem Theater.

SCHAUSPIELERIN: Um was anderes bittest du nicht?

GRAF: Um alles andere werde ich nach dem Theater bitten.

SCHAUSPIELERIN *verletzt*: Da kannst du lange bitten, du elender Poseur.

GRAF: Ja schauen Sie, oder schau, wir sind doch bis jetzt so aufrichtig miteinander gewesen... Ich fände das alles viel schöner am Abend nach dem Theater ... gemütlicher als jetzt, wo ... ich hab immer so die Empfindung, als könnte die Tür aufgehn ...

SCHAUSPIELERIN: Die geht nicht von außen auf.

GRAF: Schau ich find, man soll sich nicht leichtsinnig von vornherein was verderben, was möglicherweise sehr schön sein könnte.

SCHAUSPIELERIN: Möglicherweise! ...

GRAF: In der Früh, wenn ich die Wahrheit sagen soll, find ich die Liebe gräßlich.

SCHAUSPIELERIN: Nun – du bist wohl das Irrsinnigste, was mir je vorgekommen ist!

GRAF: Ich red ja nicht von beliebigen Frauenzimmern ... schließlich im allgemeinen ists ja egal. Aber Frauen wie du ... nein, du kannst mich hundertmal einen Narren heißen. Aber Frauen wie du ... nimmt man nicht vor dem Frühstück zu sich. Und so ... weißt ... so ...

SCHAUSPIELERIN: Gott, was bist du süß!

GRAF: Siehst du das ein, was ich g'sagt hab, nicht wahr. Ich stell mir das so vor –

SCHAUSPIELERIN: Nun, wie stellst du dir das vor?

GRAF: Ich denk mir ... ich wart nach dem Theater auf dich in ein Wagen, dann fahren wir zusammen also irgendwohin soupieren –

SCHAUSPIELERIN: Ich bin nicht das Fräulein Birken.

GRAF: Das hab ich ja nicht gesagt. Ich find nur, zu allem g'hört Stimmung. Ich komm immer erst beim Souper in Stimmung. Das ist dann das Schönste, wenn man so vom Souper zusamm nach Haus fahrt, dann ...

SCHAUSPIELERIN: Was ist dann?

GRAF: Also dann ... liegt das in der Entwicklung der Dinge.

SCHAUSPIELERIN: Setz dich doch näher. Näher.

GRAF *sich aufs Bett setzend*: Ich muß schon sagen, aus den Polstern kommt so ein ... Reseda ist das – nicht?

SCHAUSPIELERIN: Es ist sehr heiß hier, findest du nicht?

GRAF *neigt sich und küßt ihren Hals.*

SCHAUSPIELERIN: Oh, Herr Graf, das ist ja gegen Ihr Programm.

GRAF: Wer sagt denn das? Ich hab kein Programm.

SCHAUSPIELERIN *zieht ihn an sich.*

GRAF: Es ist wirklich heiß.

SCHAUSPIELERIN: Findest du? Und so dunkel, wie wenns Abend wär ... *Reißt ihn an sich.* Es ist Abend ... es ist Nacht ... Mach die Augen zu, wenns dir zu licht ist. Komm! ... Komm! ...

GRAF *wehrt sich nicht mehr.*

– –

SCHAUSIPELERIN: Nun, wie ist das jetzt mit der Stimmung, du Poseur?

GRAF: Du bist ein kleiner Teufel.

SCHAUSPIELERIN: Was ist das für ein Ausdruck?

GRAF: Na, also ein Engel.

SCHAUSPIELERIN: Und du hättest Schauspieler werden sollen! Wahrhaftig! Du kennst die Frauen! Und weißt du, was ich jetzt tun werde?

GRAF: Nun?

SCHAUSPIELERIN: Ich werde dir sagen, daß ich dich nie wiedersehen will.

GRAF: Warum denn?

SCHAUSPIELERIN: Nein, nein. Du bist mir zu gefährlich! Du machst ja ein Weib toll. Jetzt stehst du plötzlich vor mir, als wär nichts geschehn.

GRAF: Aber ...

SCHAUSPIELERIN: Ich bitte sich zu erinnern, Herr Graf, ich bin soeben Ihre Geliebte gewesen.

GRAF: Ich werds nie vergessen!

SCHAUSPIELERIN: Und wie ist das mit heute abend?

GRAF: Wie meinst du das?

SCHAUSPIELERIN: Nun – du wolltest mich ja nach dem Theater erwarten?

GRAF: Ja, also gut, zum Beispiel übermorgen.

SCHAUSPIELERIN: Was heißt das, übermorgen? Es war doch von heute die Rede.

GRAF: Das hätte keinen rechten Sinn.

SCHAUSPIELERIN: Du Greis!

GRAF: Du verstehst mich nicht recht. Ich mein das mehr, was, wie soll ich mich ausdrücken, was die Seele anbelangt.

SCHAUSPIELERIN: Was geht mich deine Seele an?

GRAF: Glaub mir, sie gehört mit dazu. Ich halte das für eine falsche Ansicht, daß man das so voneinander trennen kann.

SCHAUSPIELERIN: Laß mich mit deiner Philosophie in Frieden. Wenn ich das haben will, lese ich Bücher.

GRAF: Aus Büchern lernt man ja doch nie.

SCHAUSPIELERIN: Das ist wohl wahr! Drum sollst du mich heut abend erwarten. Wegen der Seele werden wir uns schon einigen, du Schurke!

GRAF: Also wenn du erlaubst, so werde ich mit meinem Wagen ...

SCHAUSPIELERIN: Hier in meiner Wohnung wirst du mich erwarten –

GRAF: ... Nach dem Theater.

SCHAUSPIELERIN: Natürlich. *Er schnallt den Säbel um.*

SCHAUSPIELERIN: Was machst du denn da?

GRAF: Ich denke, es ist Zeit, daß ich geh. Für einen Anstandsbesuch bin ich doch eigentlich schon ein bissel lang geblieben.

SCHAUSPIELERIN: Nun, heut abend soll es kein Anstandsbesuch werden.

GRAF: Glaubst du?

SCHAUSPIELERIN: Dafür laß nur mich sorgen. Und jetzt gib mir noch einen Kuß, mein kleiner Philosoph. So, du Verführer, du ... süßes Kind, du Seelenverkäufer, du Iltis ... du ... *Nachdem sie ihn ein paarmal heftig geküßt, stößt sie ihn heftig von sich.* Herr Graf, es war mir eine große Ehre!

GRAF: Ich küß die Hand, Fräulein! *Bei der Tür*: Auf Wiederschaun.

SCHAUSPIELERIN: Adieu, Steinamanger!

X
DER GRAF UND DIE DIRNE

Morgen, gegen sechs Uhr.
Ein ärmliches Zimmer, einfenstrig, die gelblichschmutzigen Rouletten sind heruntergelassen. Verschlissene grüne Vorhänge. Eine Kommode, auf der ein paar Photographien stehen und ein auffallend geschmackloser, billiger Damenhut liegt. Hinter dem Spiegel billige japanische Fächer. Auf dem Tisch, der mit einem rötlichen Schutztuch überzogen ist, steht eine Petroleumlampe, die schwach brenzlig brennt, papierener, gelber Lampenschirm, daneben ein Krug, in dem ein Rest von Bier ist, und ein halb geleertes Glas. Auf dem Boden neben dem Bett liegen unordentlich Frauenkleider, als wenn sie eben rasch abgeworfen worden wären. Im Bett liegt schlafend die Dirne, sie atmet ruhig. – Auf dem Diwan, völlig angekleidet, liegt der Graf, im Drapp-Überzieher, der Hut liegt zu Häupten des Diwans auf dem Boden.

GRAF *bewegt sich, reibt die Augen, erhebt sich rasch, bleibt sitzen, schaut um sich*: Ja, wie bin ich denn ... Ah so ... Also bin ich richtig mit dem Frauenzimmer nach Haus ... *Er steht rasch auf, sieht ihr Bett.* Da liegt s' ja ... Was einem noch alles in meinem Alter passieren kann. Ich hab keine Idee, haben s' mich da heraufgetragen? Nein ... ich hab ja gesehn – ich komm in das Zimmer ... ja ... da bin ich noch wach gewesen oder wach geworden ... oder ... oder ist vielleicht nur, daß mich das Zimmer an was erinnert? ... Meiner Seel, na ja ... gestern hab ichs halt g'sehn ... *Sieht auf die Uhr.* Was! Gestern, vor ein paar Stunden – Aber ich habs g'wußt, daß was passieren muß ... ich habs g'spürt ... wie ich ang'fangen hab zu trinken gestern, hab ichs g'spürt, daß ...

Und was ist denn passiert? ... Also nichts ... Oder ist was ...? Meiner Seel ... seit ... also seit zehn Jahren ist mir so was nicht vorkommen, daß ich nicht weiß ... Also kurz und gut, ich war halt b'soffen. Wenn ich nur wüßt, von wann an ... Also das weiß ich noch ganz genau, wie ich in das Hurenkaffeehaus hinein bin mit dem Lulu und ... nein, nein ... vom Sacher sind wir ja noch weggangen ... und dann auf dem Weg ist schon ... Ja richtig, ich bin ja in meinem Wagen g'fahren mit'm Lulu ... Was zerbrich ich mir denn viel den Kopf. Ist ja egal. Schaun wir, daß wir weiterkommen. *Steht auf. Die Lampe wackelt.* Oh! *Sieht auf die Schlafende.* Die hat halt einen g'sunden Schlaf. Ich weiß zwar von gar nix – aber ich werd ihr's Geld aufs Nachtkastel legen ... und Servus ... *Er steht vor ihr, sieht sie lange an.* Wenn man nicht wüßt, was sie ist! *Betrachtet sie lang.* Ich hab viel kennt, die haben nicht einmal im Schlafen so tugendhaft ausg'sehn. Meiner Seel ... also der Lulu möcht wieder sagen, ich philosophier, aber es ist wahr, der Schlaf macht auch schon gleich, kommt mir vor; – wie der Herr Bruder, also der Tod ... Hm, ich möcht nur wissen, ob ... Nein, daran müßt ich mich ja erinnern ... Nein, nein, ich bin gleich da auf den Diwan herg'fallen ... und nichts is g'schehn ... Es ist unglaublich, wie sich manchmal alle Weiber ähnlich schauen ... Na, gehn wir. *Er will gehen.* Ja richtig. *Er nimmt die Brieftasche und ist eben daran eine Banknote herauszunehmen.*

DIRNE *wacht auf*: Na ... wer ist denn in aller Früh –? *Erkennt ihn.* Servus, Bubi!

GRAF: Guten Morgen. Hast gut g'schlafen?

DIRNE *reckt sich*: Ah, komm her. Pussi geben.

GRAF *beugt sich zu ihr herab, besinnt sich, wieder fort*: Ich hab grad fortgehen wollen ...

DIRNE: Fortgehn?

GRAF: Es ist wirklich die höchste Zeit.

DIRNE: So willst du fortgehn?

GRAF *fast verlegen*: So ...

DIRNE: Na, Servus; kommst halt ein anderes Mal.

GRAF: Ja, grüß dich Gott. Na, willst nicht das Handerl geben?

DIRNE *gibt die Hand aus der Decke hervor.*

GRAF *nimmt die Hand und küßt sie mechanisch, bemerkt es, lacht*: Wie einer Prinzessin. Übrigens, wenn man nur ...

DIRNE: Was schaust mich denn so an?

GRAF: Wenn man nur das Kopferl sieht, wie jetzt ... beim Aufwachen sieht doch eine jede unschuldig aus ... meiner Seel, alles mögliche könnt man sich einbilden, wenns nicht so nach Petroleum stinken möcht ...

DIRNE: Ja, mit der Lampen ist immer ein G'frett.

GRAF: Wie alt bist denn eigentlich?

DIRNE: Na, was glaubst?

GRAF: Vierundzwanzig

DIRNE: Ja freilich.

GRAF: Bist schon älter?

DIRNE: Ins Zwanzigste geh i.

GRAF: Und wie lang bist du schon ...

DIRNE: Bei dem G'schäft bin i ein Jahr!

GRAF: Da hast du aber früh ang'fangen.

DIRNE: Besser zu früh als zu spät.

GRAF *setzt sich aufs Bett*: Sag mir einmal, bist du eigentlich glücklich?

DIRNE: Was?

GRAF: Also ich mein, gehts dir gut?

DIRNE: Oh, mir gehts alleweil gut.

GRAF: So ... Sag, ist dir noch nie eing'fallen, daß du was anderes werden könntest?

DIRNE: Was soll i denn werden?

GRAF: Also ... Du bist doch wirklich ein hübsches Mädel. Du könntest doch zum Beispiel einen Geliebten haben.

DIRNE: Meinst vielleicht, ich hab kein?

GRAF: Ja, das weiß ich – ich mein aber einen, weißt einen, der dich aushalt, daß du nicht mit einem jeden zu gehn brauchst.

DIRNE: I geh auch nicht mit ein jeden. Gott sei Dank, das hab i net notwendig, ich such mir s' schon aus.

GRAF *sieht sich im Zimmer um.*

DIRNE *bemerkt das*: Im nächsten Monat ziehn wir in die Stadt, in die Spiegelgasse.

GRAF: Wir? Wer denn?

DIRNE: Na, die Frau und die paar andern Mädeln, die noch da wohnen.

GRAF: Da wohnen noch solche –

DIRNE: Da daneben . . . hörst net . . . das ist die Milli, die auch im Kaffeehaus g'wesen ist.

GRAF: Da schnarcht wer.

DIRNE: Das ist schon die Milli, die schnarcht jetzt weiter n' ganzen Tag bis um zehn auf d' Nacht. Dann steht s' auf und geht ins Kaffeehaus.

GRAF: Das ist doch ein schauderhaftes Leben.

DIRNE: Freilich. Die Frau gift sich auch genug. Ich bin schon um zwölfe Mittag immer auf der Gassen.

GRAF: Was machst denn um zwölf auf der Gassen?

DIRNE: Was werd ich denn machen? Auf den Strich geh ich halt.

GRAF: Ah so . . . natürlich . . . *Steht auf, nimmt die Brieftasche heraus, legt ihr eine Banknote auf das Nachtkastel.* Adieu!

DIRNE: Gehst schon . . . Servus . . . Komm bald wieder. *Legt sich auf die Seite.*

GRAF *bleibt wieder stehen*: Du, sag einmal, dir ist schon alles egal – was?

DIRNE: Was?

GRAF: Ich mein, dir machts gar keine Freud mehr.

DIRNE *gähnt*: Ein Schlaf hab ich.

GRAF: Dir ist alles eins, ob einer jung ist oder alt, oder ob einer ...

DIRNE: Was fragst denn?

GRAF: ... Also – *plötzlich auf etwas kommend* – meiner Seel, jetzt weiß ich, an wen du mich erinnerst, das ist ...

DIRNE: Schau i wem gleich?

GRAF: Unglaublich, unglaublich, jetzt bitt ich dich aber sehr, red gar nichts, eine Minute wenigstens ... *Schaut sie an.* Ganz dasselbe G'sicht, ganz dasselbe G'sicht. *Er küßt sie plötzlich auf die Augen.*

DIRNE: Na ...

GRAF: Meiner Seel, es ist schad, daß du ... nichts andres bist ... Du könntest ja dein Glück machen!

GRAF: Wieso bin ich grad so wie der Franz?

GRAF: Wer ist Franz?

DIRNE: Na der Kellner von unserm Kaffeehaus ...

GRAF: Wieso bin ich grad so wie der Franz?

DIRNE: Der sagt auch alleweil, ich könnt mein Glück machen, und ich soll ihn heiraten.

GRAF: Warum tust du's nicht?

DIRNE: Ich dank schön ... ich möcht nicht heiraten, nein, um keinen Preis. Später einmal vielleicht.

GRAF: Die Augen ... ganz die Augen ... Der Lulu möcht sicher sagen, ich bin ein Narr – aber ich will dir noch einmal die Augen küssen ... so ... und jetzt grüß dich Gott, jetzt geh ich.

DIRNE: Servus ...

GRAF *bei der Tür*: Du ... sag ... wundert dich das gar nicht ...

DIRNE: Was denn?

GRAF: Daß ich nichts von dir will?

DIRNE: Es gibt viele Männer, die in der Früh nicht aufgelegt sind.

GRAF: Na ja ... *Für sich*: Zu dumm, daß ich will, sie soll sich wundern ... Also Servus ... *Er ist bei der Tür.*

Eigentlich ärger ich mich. Ich weiß doch, daß es solchen Frauenzimmern nur aufs Geld ankommt ... was sag ich – solchen ... es ist schön ... daß sie sich wenigstens nicht verstellt, das sollte einen eher freuen ... Du – weißt, ich komm nächstens wieder zu dir.

DIRNE *mit geschlossenen Augen*: Gut.

GRAF: Wann bist du immer zu Haus?

DIRNE: Ich bin immer zu Haus. Brauchst nur nach der Leocadia zu fragen.

GRAF: Leocadia ... Schön – Also grüß dich Gott. *Bei der Tür*: Ich hab doch noch immer den Wein im Kopf. Also das ist doch das Höchste ... ich bin bei so einer und hab nichts getan, als ihr die Augen geküßt, weil sie mich an wen erinnert hat ... *Wendet sich zu ihr*. Du, Leocadia, passiert dir das öfter, daß man so weggeht von dir?

DIRNE: Wie denn?

GRAF: So wie ich?

DIRNE: In der Früh?

GRAF: Nein ... ob schon manchmal wer bei dir war – und nichts von dir wollen hat?

DIRNE: Nein, das ist mir noch nie g'schehn.

GRAF: Also, was meinst denn? Glaubst, du g'fallst mir nicht?

DIRNE: Warum soll ich dir denn nicht g'fallen. Bei der Nacht hab ich dir schon g'fallen.

GRAF: Du g'fallst mir auch jetzt.

DIRNE: Aber bei der Nacht hab ich dir besser g'fallen.

GRAF: Warum glaubst du das?

DIRNE: Na, was fragst denn so dumm?

GRAF: Bei der Nacht ... ja, sag, bin ich denn nicht gleich am Diwan hing'fallen?

DIRNE: Na freilich ... mit mir zusammen.

GRAF: Mit dir?

DIRNE: Ja, weißt denn du das nimmer?

GRAF: Ich hab ... wir sind zusammen ... ja ...

DIRNE: Aber gleich bist eing'schlafen.

GRAF: Gleich bin ich ... So ... Also so war das! ...

DIRNE: Ja, Bubi. Du mußt aber ein ordentlichen Rausch g'habt haben, daß dich nimmer erinnerst.

GRAF: So ... – Und doch ... es ist eine entfernte Ähnlichkeit ... Servus ... *Lauscht.* Was ist denn los?

DIRNE: Das Stubenmädl ist schon auf. Geh, gib ihr was beim Hinausgehn. Das Tor ist auch offen, ersparst den Hausmeister.

GRAF: Ja. *Im Vorzimmer*: Also ... Es wär doch schön gewesen, wenn ich sie nur auf die Augen geküßt hätt. Das wär beinahe ein Abenteuer gewesen ... Es war mir halt nicht bestimmt. *Das Stubenmädel steht da, öffnet die Tür.* Ah – da haben S' ... Gute Nacht. –

STUBENMÄDCHEN: Guten Morgen.

GRAF: Ja freilich ... guten Morgen ... guten Morgen.

LIEBELEI

Schauspiel in drei Akten

PERSONEN

HANS WEIRING, Violinspieler am Josefstädter Theater
CHRISTINE, seine Tochter
MIZI SCHLAGER, Modistin
KATHARINA BINDER, Frau eines Strumpfwirkers
LINA, ihre neunjährige Tochter
FRITZ LOBHEIMER } junge Leute
THEODOR KAISER } junge Leute
EIN HERR

Wien – Gegenwart

ERSTER AKT

Zimmer Fritzens. Elegant und behaglich.
Fritz, Theodor. Theodor tritt zuerst ein, er hat den Überzieher auf dem Arm, nimmt den Hut erst nach dem Eintritt ab, hat auch den Stock noch in der Hand.

FRITZ *spricht draußen*: Also es war niemand da?
STIMME DES DIENERS: Nein, gnädiger Herr.
FRITZ *im Hereintreten*: Den Wagen könnten wir eigentlich wegschicken?
THEODOR: Natürlich. Ich dachte, du hättest es schon getan.
FRITZ *wieder hinausgehend, in der Tür*: Schicken Sie den Wagen fort. Ja ... Sie können übrigens jetzt auch weggehen, ich brauche Sie heute nicht mehr. *Er kommt herein. Zu Theodor*: Was legst du denn nicht ab?
THEODOR *ist neben dem Schreibtisch*: Da sind ein paar Briefe. *Er wirft Überzieher und Hut auf einen Sessel, behält den Spazierstock in der Hand.*
FRITZ *geht hastig zum Schreibtisch*: Ah! ...
THEODOR: Na! na! ... Du erschrickst ja förmlich.
FRITZ: Von Papa ... *Erbricht den anderen.* Von Lensky ...
THEODOR: Laß dich nicht stören.
FRITZ *durchfliegt die Briefe.*
THEODOR: Was schreibt denn der Papa?
FRITZ: Nichts Besonderes ... Zu Pfingsten soll ich auf acht Tage aufs Gut.
THEODOR: Wäre sehr vernünftig. Ich möchte dich auf ein halbes Jahr hinschicken.
FRITZ *der vor dem Schreibtisch steht, wendet sich nach ihm um.*
THEODOR: Gewiß! – Reiten, kutschieren, frische Luft, Sennerinnen –
FRITZ: Du, Sennhütten gibts auf Kukuruzfeldern keine!

Theodor: Na ja, also, du weißt schon, was ich meine ...

Fritz: Willst du mit mir hinkommen?

Theodor: Kann ja nicht!

Fritz: Warum denn?

Theodor: Mensch, ich hab ja Rigorosum zu machen! Wenn ich mit dir hinginge, wär es nur, um dich dort zu halten.

Fritz: Geh, mach dir um mich keine Sorgen!

Theodor: Du brauchst nämlich – das ist meine Überzeugung – nichts anderes als frische Luft! – Ich habs heut gesehen. Da draußen, wo der echte grüne Frühling ist, bist du wieder ein sehr lieber und angenehmer Mensch gewesen.

Fritz: Danke.

Theodor: Und jetzt – jetzt knickst du natürlich zusammen. Wir sind dem gefährlichen Dunstkreis wieder zu nah.

Fritz *macht eine ärgerliche Bewegung.*

Theodor: Du weißt nämlich gar nicht, wie fidel du da draußen gewesen bist – du warst geradezu bei Verstand – es war wie in den guten alten Tagen ... – Auch neulich, wie wir mit den zwei herzigen Mäderln zusammen waren, bist du ja sehr nett gewesen, aber jetzt – ist es natürlich wieder aus, und du findest es dringend notwendig – *mit ironischem Pathos* – an jenes Weib zu denken.

Fritz *steht auf, ärgerlich.*

Theodor: Du kennst mich nicht, mein Lieber. Ich habe nicht die Absicht, das länger zu dulden.

Fritz: Herrgott, bist du energisch! ...

Theodor: Ich verlang ja nicht von dir, daß du – *wie oben* – jenes Weib vergißt ... ich möchte nur – *herzlich* – mein lieber Fritz, daß dir diese unglückselige Geschichte, in der man ja immer für dich zittern muß, nicht mehr bedeutet als ein gewöhnliches Abenteuer ... Schau, Fritz, wenn du eines Tages »jenes Weib« nicht mehr anbetest, da wirst du dich wundern, wie sympathisch sie dir sein wird. Da wirst du erst drauf kommen, daß sie gar nichts Dämonisches an sich hat, sondern daß sie ein sehr liebes Frauerl ist, mit dem man sich sehr gut amüsieren kann, wie mit allen Weibern, die jung und hübsch sind und ein bißchen Temperament haben.

FRITZ: Warum sagst du »für mich zittern«?

THEODOR: Du weißt es ... Ich kann dir nicht verhehlen, daß ich eine ewige Angst habe, du gehst eines schönen Tages mit ihr auf und davon.

FRITZ: Das meintest du? ...

THEODOR *nach einer kurzen Pause*: Es ist nicht die einzige Gefahr.

FRITZ: Du hast recht, Theodor – es gibt auch andere.

THEODOR: Man macht eben keine Dummheiten.

FRITZ *vor sich hin*: Es gibt andere ...

THEODOR: Was hast du? ... Du denkst an was ganz Bestimmtes.

FRITZ: Ach nein, ich denke nicht an Bestimmtes ... *Mit einem Blick zum Fenster*. Sie hat sich ja schon einmal getäuscht.

THEODOR: Wieso? ... was? ... ich versteh dich nicht.

FRITZ: Ach nichts.

THEODOR: Was ist das? So red doch vernünftig.

FRITZ: Sie ängstigt sich in der letzten Zeit ... zuweilen.

THEODOR: Warum? – Das muß doch einen Grund haben.

FRITZ: Durchaus nicht. Nervosität – *ironisch* – schlechtes Gewissen, wenn du willst.

THEODOR: Du sagst, sie hat sich schon einmal getäuscht –

FRITZ: Nun ja – und heute wohl wieder.

THEODOR: Heute – Ja, was heißt denn das alles –?

FRITZ *nach einer kleinen Pause*: Sie glaubt ... man paßt uns auf.

THEODOR: Wie?

FRITZ: Sie hat Schreckbilder, wahrhaftig, förmliche Halluzinationen. *Beim Fenster*. Sie sieht hier durch den Ritz des Vorhanges irgendeinen Menschen, der dort an der Straßenecke steht, und glaubt – *unterbricht sich.* Ist es überhaupt möglich, ein Gesicht auf diese Entfernung hin zu erkennen?

THEODOR: Kaum.

FRITZ: Das sag ich ja auch. Aber das ist dann schrecklich. Da traut sie sich nicht fort, da bekommt sie alle möglichen Zustände, da hat sie Weinkrämpfe, da möchte sie mit mir sterben –

THEODOR: Natürlich.

FRITZ *kleine Pause*: Heute mußte ich hinunter, nachsehen. So gemütlich, als wenn ich eben allein von Hause wegginge; – es war natürlich weit und breit kein bekanntes Gesicht zu sehen ...

THEODOR *schweigt.*

FRITZ: Das ist doch vollkommen beruhigend, nicht wahr? Man versinkt ja nicht plötzlich in die Erde, was? ... So antwort mir doch!

THEODOR: Was willst du denn darauf für eine Antwort? Natürlich versinkt man nicht in die Erde. Aber in Haustore versteckt man sich zuweilen.

FRITZ: Ich hab in jedes hineingesehen.

THEODOR: Da mußt du einen sehr harmlosen Eindruck gemacht haben.

FRITZ: Niemand war da. Ich sags ja, Halluzinationen.

THEODOR: Gewiß. Aber es sollte dich lehren, vorsichtiger zu sein.

FRITZ: Ich hätt es ja auch merken müssen, wenn e r einen Verdacht hätte. Gestern habe ich ja nach dem Theater mit ihnen soupiert – mit ihm und ihr – und es war so gemütlich, sag ich dir! ... lächerlich!

THEODOR: Ich bitt dich, Fritz – tu mir den Gefallen, sei vernünftig. Gib diese ganze verdammte Geschichte auf – schon m e i n e t wegen. Ich hab ja auch Nerven ... Ich weiß ja, du bist nicht der Mensch, dich aus einem Abenteuer ins Freie zu retten, drum hab ich dirs ja so bequem gemacht und dir Gelegenheit gegeben, dich in ein anderes h i n e i n zuretten ...

FRITZ: Du?

THEODOR: Nun, hab ich dich nicht vor ein paar Wochen zu meinem Rendezvous mit Fräulein Mizi mitgenommen? Und hab ich nicht Fräulein Mizi gebeten, ihre schönste Freundin mitzubringen? Und kannst du es leugnen, daß dir die Kleine sehr gut gefällt? ...

FRITZ: Gewiß ist die lieb! ... So lieb! Und du hast ja gar keine Ahnung, wie ich mich nach so einer Zärtlichkeit ohne Pathos gesehnt habe, nach so was Süßem, Stillem, das mich umschmeichelt, an dem ich mich von den ewigen Aufregungen und Martern erholen kann.

THEODOR: Das ist es, ganz richtig! Erholen! Das ist der tiefere Sinn. Zum Erholen sind sie da. Drum bin ich auch immer gegen die sogenannten interessanten Weiber. Die Weiber haben nicht interessant zu sein, sondern angenehm. Du mußt dein Glück suchen, wo ich es bisher gesucht und gefunden habe, dort, wo es keine großen Szenen, keine Gefahren, keine tragischen Verwicklungen gibt, wo der Beginn keine besonderen Schwierigkeiten und das Ende keine Qualen hat, wo man lächelnd den ersten Kuß empfängt und mit sehr sanfter Rührung scheidet.

FRITZ: Ja, das ist es.

THEODOR: Die Weiber sind ja so glücklich in ihrer gesunden Menschlichkeit – was zwingt uns denn, sie um jeden Preis zu Dämonen oder zu Engeln zu machen?

FRITZ: Sie ist wirklich ein Schatz. So anhänglich, so lieb. Manchmal scheint mir fast, zu lieb für mich.

THEODOR: Du bist unverbesserlich, scheint es. Wenn du die Absicht hast, auch d i e Sache wieder ernst zu nehmen –

FRITZ: Aber ich d e n k e nicht daran. Wir sind ja einig: Erholung.

THEODOR: Ich würde auch meine Hände von dir abziehen. Ich hab deine Liebestragödien satt. Du langweilst mich damit. Und wenn du Lust hast, mir mit dem berühmten Gewissen zu kommen, so will ich dir mein einfaches Prinzip für solche Fälle verraten: Besser i c h als ein anderer Denn der Andere ist unausbleiblich wie das Schicksal *Es klingelt.*

FRITZ: Was ist denn das? ...

THEODOR: Sieh nur nach. – Du bist ja schon wieder blaß! Also beruhige dich sofort. Es sind die zwei süßen Mäderln.

FRITZ *angenehm überrascht*: Was? ...

THEODOR: Ich habe mir die Freiheit genommen, sie für heute zu dir einzuladen.

FRITZ *im Hinausgehen*: Geh – warum hast du mirs denn nicht gesagt! Jetzt hab ich den Diener weggeschickt.

THEODOR: Um so gemütlicher.

FRITZENS STIMME *draußen*: Grüß Sie Gott, Mizi! –

Theodor, Fritz. Mizi tritt ein, sie trägt ein Paket in der Hand.

FRITZ: Und wo ist denn die Christin'? –

MIZI: Kommt bald nach. Grüß dich Gott, Dori.

THEODOR *küßt ihr die Hand.*

MIZI: Sie müssen schon entschuldigen, Herr Fritz; aber der Theodor hat uns einmal eingeladen –

FRITZ: Aber das ist ja eine famose Idee gewesen. Nur hat er eines vergessen, der Theodor –

THEODOR: Nichts hat er vergessen, der Theodor! *Nimmt der Mizi das Paket aus der Hand.* Hast du alles mitgebracht, was ich dir aufgeschrieben hab? –

MIZI: Freilich! *Zu Fritz*: Wo darf ichs denn hinlegen?

FRITZ: Geben Sie mirs nur, Mizi, wir legens indessen da auf die Kredenz.

MIZI: Ich hab noch extra was gekauft, was du nicht aufgeschrieben hast, Dori.

FRITZ: Geben Sie mir Ihren Hut, Mizi, so – *Legt ihn aufs Klavier, ebenso ihre Boa.*

THEODOR *mißtrauisch*: Was denn?

MIZI: Eine Mokkacremetorte.

THEODOR: Naschkatz!

FRITZ: Ja, aber sagen Sie, warum ist denn die Christin' nicht gleich mitgekommen? –

MIZI: Die Christin' begleitet ihren Vater zum Theater hin. Sie fährt dann mit der Tramway her.

THEODOR: Das ist eine zärtliche Tochter ...

MIZI: Na, und gar in der letzten Zeit, seit der Trauer.

THEODOR: Wer ist ihnen denn eigentlich gestorben?

MIZI: Die Schwester vom alten Herrn.

THEODOR: Ah, die Frau Tant!

MIZI: Nein, das war eine alte F r ä u l ' n, die schon immer bei ihnen gewohnt hat – Na, und da fühlt er sich halt so vereinsamt.

THEODOR: Nicht wahr, der Vater von der Christin', das ist so ein kleiner Herr mit kurzem grauen Haar –

MIZI *schüttelt den Kopf*: Nein, er hat ja lange Haar.

FRITZ: Woher kennst du ihn denn?

THEODOR: Neulich war ich mit dem Lensky in der Josefstadt, und da hab ich mir die Leut mit den Baßgeigen angeschaut.

MIZI: Er spielt ja nicht Baßgeigen, Violin spielt er.

THEODOR: Ach so, ich hab gemeint, er spielt Baßgeige. *Zu Mizi, die lacht*: Das ist ja nicht komisch; das kann ich ja nicht wissen, du Kind.

MIZI: Schön haben Sie's, Herr Fritz – wunderschön! Wohin haben Sie denn die Aussicht?

FRITZ: Das Fenster da geht in die Strohgasse und im Zimmer daneben –

THEODOR *rasch*: Sagt mir nur, warum seid ihr denn so gespreizt miteinander? Ihr könntet euch wirklich du sagen.

MIZI: Beim Nachtmahl trinken wir Bruderschaft.

Theodor: Solide Grundsätze! Immerhin beruhigend. – – Wie gehts denn der Frau Mutter?

Mizi *wendet sich zu ihm, plötzlich mit besorgter Miene*: Denk dir, sie hat –

Theodor: Zahnweh – ich weiß, ich weiß. Deine Mutter hat immer Zahnweh. Sie soll endlich einmal zu einem Zahnarzt gehen.

Mizi: Aber der Doktor sagt, es ist nur rheumatisch.

Theodor *lachend*: Ja, wenns rheumatisch ist –

Mizi *ein Album in der Hand*: Lauter so schöne Sachen haben Sie da! ... *Im Blättern*: Wer ist denn das? ... Das sind ja Sie, Herr Fritz ... In Uniform!? Sie sind beim Militär?

Fritz: Ja.

Mizi: Dragoner! – Sind Sie bei den gelben oder bei den schwarzen?

Fritz *lächelnd*: Bei den gelben.

Mizi *wie in Träume versunken*: Bei den gelben.

Theodor: Da wird sie ganz träumerisch! Mizi, wach auf!

Mizi: Aber jetzt sind Sie Leutnant der Reserve?

Fritz: Allerdings.

Mizi: Sehr gut müssen Sie ausschaun mit dem Pelz.

Theodor: Umfassend ist dieses Wissen! – Du, Mizi, ich bin nämlich auch beim Militär.

Mizi: Bist du auch bei den Dragonern?

Theodor: Ja –

Mizi: Ja, warum sagt ihr einem denn das nicht ...

Theodor: Ich will um meiner selbst willen geliebt werden

Mizi: Geh, Dori, da mußt du dir nächstens, wenn wir zusammen wohingehen, die Uniform anziehn.

Theodor: Im August hab ich sowieso Waffenübung.

Mizi: Gott, bis zum August –

Theodor: Ja, richtig – so lange währt die ewige Liebe nicht.

MIZI: Wer wird denn im Mai an den August denken. Ists nicht wahr, Herr Fritz? – Sie, Herr Fritz, warum sind denn Sie uns gestern durchgegangen?

FRITZ: Wieso...

MIZI: Na ja – nach dem Theater.

FRITZ: Hat mich denn der Theodor nicht bei euch entschuldigt?

THEODOR: Freilich hab ich dich entschuldigt.

MIZI: Was hab denn ich – oder vielmehr die Christin' von Ihrer Entschuldigung! Wenn man was verspricht, so halt mans.

FRITZ: Ich wär wahrhaftig lieber mit euch gewesen...

MIZI: Is wahr?...

FRITZ: Aber ich konnt nicht. Sie haben ja gesehen, ich war mit Bekannten in der Loge, und da hab ich mich nachher nicht losmachen können.

MIZI: Ja, von den schönen Damen haben Sie sich nicht losmachen können. Glauben Sie, wir haben Sie nicht gesehen von der Galerie aus?

FRITZ: Ich hab euch ja auch gesehn...

MIZI: Sie sind rückwärts in der Loge gesessen. –

FRITZ: Nicht immer.

MIZI: Aber meistens. Hinter einer Dame mit einem schwarzen Samtkleid sind Sie gesessen und haben immer – *parodierende Bewegung* – so hervorgeguckt.

FRITZ: Sie haben mich aber genau beobachtet.

MIZI: Mich gehts ja nichts an! Aber wenn ich die Christin' wär... Warum hat denn der Theodor nach dem Theater Zeit? Warum muß der nicht mit Bekannten soupieren gehen?

THEODOR *stolz*: Warum muß ich nicht mit Bekannten soupieren gehn?...

Es klingelt.

MIZI: Das ist die Christin'.

FRITZ *eilt hinaus.*

THEODOR: Mizi, du könntest mir einen Gefallen tun.

MIZI *fragende Miene.*

THEODOR: Vergiß – auf einige Zeit wenigstens – deine militärischen Erinnerungen.

MIZI: Ich hab ja gar keine.

THEODOR: Na du, aus dem Schematismus hast du die Sachen nicht gelernt, das merkt man.

Theodor, Mizi, Fritz. Christine mit Blumen in der Hand.

CHRISTINE *grüßt mit ganz leichter Befangenheit*: Guten Abend. *Begrüßung. Zu Fritz*: Freuts dich, daß wir gekommen sind? – Bist nicht bös?

FRITZ: Aber Kind! – Manchmal ist ja der Theodor gescheiter als ich.

THEODOR: Na, geigt er schon, der Herr Papa?

CHRISTINE: Freilich; ich hab ihn zum Theater hinbegleitet.

FRITZ: Die Mizi hats uns erzählt.

CHRISTINE *zu Mizi*: Und die Kathrin hat mich noch aufgehalten.

MIZI: O je, die falsche Person.

CHRISTINE: Oh, die ist gewiß nicht falsch, die ist sehr gut zu mir.

MIZI: Du glaubst auch einer jeden.

CHRISTINE: Warum soll denn die gegen mich falsch sein?

FRITZ: Wer ist denn die Kathrin?

MIZI: Die Frau von einem Strumpfwirker und ärgert sich alleweil, wenn wer jünger ist wie sie.

CHRISTINE: Sie ist ja selber noch eine junge Person.

FRITZ: Lassen wir die Kathrin. – Was hast du denn da?

CHRISTINE: Ein paar Blumen hab ich dir mitgebracht.

FRITZ *nimmt sie ihr ab und küßt ihr die Hand*: Du bist ein Engerl. Wart, die wollen wir da in die Vase ...

THEODOR: O nein! Du hast gar kein Talent zum Festarrangeur. Die Blumen werden zwanglos auf den Tisch gestreut ... Nachher übrigens, wenn aufgedeckt ist. Eigentlich sollte man das so arrangieren, daß sie von der Decke herunterfallen. Das wird aber wieder nicht gehen.

FRITZ *lachend*: Kaum.

THEODOR: Unterdessen wollen wir sie doch da hineinstecken. *Gibt sie in die Vase.*

MIZI: Kinder, dunkel wirds!

FRITZ *hat der Christine geholfen die Überjacke ausziehen, sie hat auch ihren Hut abgelegt, er gibt die Dinge auf einen Stuhl im Hintergrund*: Gleich wollen wir die Lampe anzünden.

THEODOR: Lampe! Keine Idee! Lichter werden wir anzünden. Das macht sich viel hübscher. Komm, Mizi, kannst mir helfen. *Er und Mizi zünden die Lichter an; die Kerzen in den zwei Armleuchtern auf dem Trumeau, eine Kerze auf dem Schreibtisch, dann zwei Kerzen auf der Kredenz.*

Unterdessen sprechen Fritz und Christine miteinander.

FRITZ: Wie gehts dir denn, mein Schatz?

CHRISTINE: Jetzt gehts mir gut. –

FRITZ: Na, und sonst?

CHRISTINE: Ich hab mich so nach dir gesehnt.

FRITZ: Wir haben uns ja gestern erst gesehen.

CHRISTINE: Gesehn ... von weitem ... *Schüchtern*: Du, das war nicht schön, daß du ...

FRITZ: Ja, ich weiß schon; die Mizi hats mir schon gesagt. Aber du bist ein Kind wie gewöhnlich. Ich hab nicht los können. So was mußt du ja begreifen.

CHRISTINE: Ja ... du, Fritz ... wer waren denn die Leute in der Loge?

FRITZ: Bekannte – das ist doch ganz gleichgültig, wie sie heißen.

CHRISTINE: Wer war denn die Dame im schwarzen Samtkleid?

FRITZ: Kind, ich hab gar kein Gedächtnis für Toiletten.

CHRISTINE *schmeichelnd*: Na!

Fritz: Das heißt ... ich hab dafür auch schon ein Gedächtnis – in gewissen Fällen. Zum Beispiel an die dunkelgraue Bluse erinner ich mich sehr gut, die du angehabt hast, wie wir uns das erste Mal gesehen haben. Und die weiß-schwarze Taille, gestern ... im Theater –

Christine: Die hab ich ja heut auch an!

Fritz: Richtig ... von weitem sieht die nämlich ganz anders aus – im Ernst! Oh, und das Medaillon, das kenn ich auch!

Christine *lächelnd*: Wann hab ichs umgehabt?

Fritz: Vor – na, damals, wie wir in dem Garten bei der Linie spazierengegangen sind, wo die vielen Kinder gespielt haben ... nicht wahr ...?

Christine: Ja ... Du denkst doch manchmal an mich.

Fritz: Ziemlich häufig, mein Kind ...

Christine: Nicht so oft wie ich an dich. Ich denke immer an dich ... den ganzen Tag ... und froh kann ich doch nur sein, wenn ich dich seh!

Fritz: Sehn wir uns denn nicht oft genug? –

Christine: Oft ...

Fritz: Freilich. Im Sommer werden wir uns weniger sehn ... Denk dir, wenn ich zum Beispiel einmal auf ein paar Wochen verreiste, was möchtest du da sagen?

Christine *ängstlich*: Wie? Du willst verreisen?

Fritz: Nein ... Immerhin wär es aber möglich, daß ich einmal die Laune hätte, acht Tage ganz allein zu sein ...

Christine: Ja, warum denn?

Fritz: Ich spreche ja nur von der Möglichkeit. Ich kenne mich, ich hab solche Launen. Und du könntest ja auch einmal Lust haben, mich ein paar Tage nicht zu sehn ... das werd ich immer verstehn.

Christine: Die Laune werd ich nie haben, Fritz.

Fritz: Das kann man nie wissen.

Christine: Ich weiß es ... ich hab dich lieb.

Fritz: Ich hab dich ja auch sehr lieb.

CHRISTINE: Du bist aber mein Alles, Fritz, für dich könnt ich ... *Sie unterbricht sich.* Nein, ich kann mir nicht denken, daß je eine Stunde käm, wo ich dich nicht sehen wollte. Solange ich leb, Fritz — —

FRITZ *unterbricht*: Kind, ich bitt dich ... so was sag lieber nicht ... die großen Worte, die hab ich nicht gern. Von der Ewigkeit reden wir nicht ...

CHRISTINE *traurig lächelnd*: Hab keine Angst, Fritz ... ich weiß ja, daß es nicht für immer ist ...

FRITZ: Du verstehst mich falsch, Kind. Es ist ja möglich — *lachend* — daß wir einmal überhaupt nicht ohne einander leben können, aber wissen können wirs ja nicht, nicht wahr? Wir sind ja nur Menschen.

THEODOR *auf die Lichter weisend*: Bitte sich das gefälligst anzusehen ... Sieht das nicht anders aus, als wenn da eine dumme Lampe stünde?

FRITZ: Du bist wirklich der geborene Festarrangeur.

THEODOR: Kinder, wie wärs übrigens, wenn wir an das Souper dächten? ...

MIZI: Ja! ... Komm Christin'! ...

FRITZ: Wartet, ich will euch zeigen, wo ihr alles Notwendige findet.

MIZI: Vor allem brauchen wir ein Tischtuch.

THEODOR *mit englischem Akzent, wie ihn die Clowns zu haben pflegen*: »Eine Tischentuch«.

FRITZ: Was? ...

THEODOR: Erinnerst dich nicht an den Clown im Orpheum? »Das ist eine Tischentuch« ... »Das ist eine Blech« ... »Das ist eine kleine piccolo«.

MIZI: Du, Dori, wann gehst denn mit mir ins Orpheum? Neulich hast du mirs ja versprochen. Da kommt die Christin' aber auch mit, und der Herr Fritz auch. *Sie nimmt eben Fritz das Tischtuch aus der Hand, das dieser aus der Kredenz genommen.* Da sind aber dann wir die Bekannten in der Loge ...

FRITZ: Ja, ja ...

MIZI: Da kann dann die Dame mit dem schwarzen Samtkleid allein nach Haus gehn.

FRITZ: Was ihr immer mit der Dame in Schwarz habt, das ist wirklich zu dumm.

MIZI: Oh, wir haben nichts mit ihr ... So ... Und das Eßzeug? ... *Fritz zeigt ihr alles in der geöffneten Kredenz.* Ja ... Und die Teller? ... Ja, danke ... So, jetzt machen wirs schon allein ... Gehn Sie, gehn Sie, jetzt stören Sie uns nur.

THEODOR *hat sich unterdessen auf den Diwan der Länge nach hingelegt; wie Fritz zu ihm nach vorne kommt*: Du entschuldigst ... *Mizi und Christine decken auf.*

MIZI: Hast du schon das Bild von Fritz in der Uniform gesehn?

CHRISTINE: Nein.

MIZI: Das mußt du dir anschaun. Fesch! ... *Sie reden weiter.*

THEODOR *auf dem Diwan*: Siehst du Fritz, solche Abende sind meine Schwärmerei.

FRITZ: Sind auch nett.

THEODOR: Da fühl ich mich behaglich ... Du nicht? ...

FRITZ: Oh, ich wollte, es wär mir immer so wohl.

MIZI: Sagen Sie, Herr Fritz, ist Kaffee in der Maschin drin?

FRITZ: Ja ... Ihr könnt auch gleich den Spiritus anzünden – auf der Maschin dauerts sowieso eine Stund, bis der Kaffee fertig ist ...

THEODOR *zu Fritz*: Für so ein süßes Mäderl geb ich zehn dämonische Weiber her.

FRITZ: Das kann man nicht vergleichen.

THEODOR: Wir hassen nämlich die Frauen, die wir lieben und lieben nur die Frauen, die uns gleichgültig sind.

FRITZ *lacht.*

MIZI: Was ist denn? Wir möchten auch was hören!

THEODOR: Nichts für euch, Kinder. Wir philosophieren. *Zu Fritz*: Wenn wir heut mit denen das letzte Mal zusammen wären, wir wären doch nicht weniger fidel, was?

FRITZ: Das letzte Mal . . . Na, darin liegt jedenfalls etwas Melancholisches. Ein Abschied schmerzt immer, auch wenn man sich schon lange darauf freut!

CHRISTINE: Du, Fritz, wo ist denn das kleine Eßzeug?

FRITZ *geht nach hinten, zur Kredenz*: Da ist es, mein Schatz.

MIZI *ist nach vorn gekommen, fährt dem Theodor, der auf dem Diwan liegt, durch die Haare.*

THEODOR: Du Katz, du!

FRITZ *öffnet das Paket, das Mizi gebracht*: Großartig . . .

CHRISTINE *zu Fritz*: Wie du alles hübsch in Ordnung hast!

FRITZ: Ja . . . *Ordnet die Sachen, die Mizi mitgebracht: Sardinenbüchse, kaltes Fleisch, Butter, Käse.*

CHRISTINE: Fritz . . . willst du mirs nicht sagen?

FRITZ: Was denn?

CHRISTINE *sehr schüchtern*: Wer die Dame war?

FRITZ: Nein; ärger mich nicht. *Milder*: Schau, das haben wir ja so ausdrücklich miteinander ausgemacht: Gefragt wird nichts. Das ist ja gerade das Schöne. Wenn ich mit dir zusammen bin, versinkt die Welt – punktum. Ich frag dich auch um nichts.

CHRISTINE: Mich kannst du um alles fragen.

FRITZ: Aber ich tu's nicht. Ich will ja nichts wissen.

MIZI *kommt wieder hin*: Herrgott, machen Sie da eine Unordnung – *Übernimmt die Speisen, legt sie auf die Teller.* So . . .

THEODOR: Du, Fritz, sag, hast du irgendwas zum Trinken zu Hause?

FRITZ: O ja, es wird sich schon was finden. *Er geht ins Vorzimmer.*

THEODOR *erhebt sich und besichtigt den Tisch*: Gut. –

MIZI: So, ich denke, es fehlt nichts mehr! . . .

FRITZ *kommt mit einigen Flaschen zurück*: So, hier wäre auch was zum Trinken.

THEODOR: Wo sind denn die Rosen, die von der Decke herunterfallen?

MIZI: Ja, richtig, die Rosen haben wir vergessen! *Sie nimmt die Rosen aus der Vase, steigt auf einen Stuhl und läßt die Rosen auf den Tisch fallen.* So!

CHRISTINE: Gott, ist das Mädel ausgelassen.

THEODOR: Na, nicht in die Teller ...

FRITZ: Wo willst du sitzen, Christin'?

THEODOR: Wo ist denn der Stoppelzieher?

FRITZ *holt einen aus der Kredenz*: Hier ist einer.

MIZI *versucht, den Wein aufzumachen.*

FRITZ: Aber geben Sie das doch mir.

THEODOR: Laß das mich machen ... *Nimmt ihm Flasche und Stoppelzieher aus der Hand.* Du könntest unterdessen ein bißchen ... *Bewegung des Klavierspiels.*

MIZI: Ja, ja, das ist fesch! ... *Sie läuft zum Klavier, öffnet es, nachdem sie die Sachen, die darauf liegen, auf einen Stuhl gelegt hat.*

FRITZ *zu Christine*: Soll ich?

CHRISTINE: Ich bitt dich, ja, so lang schon hab ich mich danach gesehnt.

FRITZ *am Klavier*: Du kannst ja auch ein bissel spielen?

CHRISTINE *abwehrend*: O Gott ...

MIZI: Schön kann sie spielen, die Christin' ... sie kann auch singen.

FRITZ: Wirklich? Das hast du mir ja nie gesagt! ...

CHRISTINE: Hast du mich denn je gefragt?

FRITZ: Wo hast du denn singen gelernt?

CHRISTINE: Gelernt hab ichs eigentlich nicht. Der Vater hat mich ein bissel unterrichtet – aber ich hab nicht viel Stimme. Und weißt du, seit die Tant gestorben ist, die immer bei uns gewohnt hat, da ist es noch stiller bei uns, wie es früher war.

FRITZ: Was machst du eigentlich so den ganzen Tag?
CHRISTINE: O Gott, ich hab schon zu tun! –
FRITZ: So im Haus – wie?
CHRISTINE: Ja. Und dann schreib ich Noten ab, ziemlich viel. –
THEODOR: Musiknoten?
CHRISTINE: Freilich.
THEODOR: Das muß ja horrend bezahlt werden. *Wie die andern lachen*: Na, ich würde das horrend bezahlen. Ich glaube, Notenschreiben muß eine fürchterliche Arbeit sein!
MIZI: Es ist auch ein Unsinn, daß sie sich so plagt. *Zu Christine*: Wenn ich so viel Stimme hätte wie du, wäre ich längst beim Theater.
THEODOR: Du brauchtest nicht einmal Stimme ... Du tust natürlich den ganzen Tag gar nichts, was?
MIZI: Na, sei so gut! Ich hab ja zwei kleine Brüder, die in die Schul gehn, die zieh ich an in der Früh; und dann mach ich die Aufgaben mit ihnen –
THEODOR: Da ist doch kein Wort wahr.
MIZI: Na, wennst mir nicht glaubst! – Und bis zum vorigen Herbst bin ich sogar in einem Geschäft gewesen von acht in der Früh bis acht am Abend –
THEODOR *leicht spottend*: Wo denn?
MIZI: In einem Modistengeschäft. Die Mutter will, daß ich wieder eintrete.
THEODOR *wie oben*: Warum bist du denn ausgetreten?
FRITZ *zu Christine*: Du mußt uns dann was vorsingen!
THEODOR: Kinder, essen wir jetzt lieber, und du spielst dann, ja? ...
FRITZ *aufstehend, zu Christine*: Komm, Schatz! *Führt sie zum Tisch hin.*
MIZI: Der Kaffee! Jetzt geht der Kaffee über, und wir haben noch nichts gegessen!
THEODOR: Jetzt ists schon alles eins!

MIZI: Aber er geht ja über! *Bläst die Spiritusflamme aus Man setzt sich zu Tisch.*

THEODOR: Was willst du haben, Mizi? Das sag ich dir gleich: Die Torte kommt zuletzt! ... Zuerst mußt du lauter ganz saure Sachen essen.

FRITZ *schenkt den Wein ein.*

THEODOR: Nicht so: Das macht man jetzt anders. Kennst du nicht die neueste Mode? *Steht auf, affektiert Grandezza, die Flasche in der Hand, zu Christine*: Vöslauer Ausstich achtzehnhundert ... *Spricht die nächsten Zahlen unverständlich. Schenkt ein, zu Mizi*: Vöslauer Ausstich achtzehnhundert ... *Wie früher. Schenkt ein, zu Fritz*: Vöslauer Ausstich achtzehnhundert ... *Wie früher. An seinem eigenen Platz*: Vöslauer Ausstich ... *Wie früher. Setzt sich.*

MIZI *lachend*: Alleweil macht er Dummheiten.

THEODOR *erhebt das Glas, alle stoßen an*: Prosit!

MIZI: Sollst leben, Theodor! ...

THEODOR *sich erhebend*: Meine Damen und Herren ...

FRITZ: Na, nicht gleich!

THEODOR *setzt sich*: Ich kann ja warten.

Man ißt.

MIZI: Das hab ich so gern, wenn bei Tisch Reden gehalten werden. Also ich hab einen Vetter, der redt immer in Reimen.

THEODOR: Bei was für einem Regiment ist er? ...

MIZI: Geh, hör auf ... Auswendig redt er und mit Reimen, aber großartig, sag ich dir, Christin'. Und ist eigentlich schon ein älterer Herr.

THEODOR: Oh, das kommt vor, daß ältere Herren noch in Reimen reden.

FRITZ: Aber ihr trinkt ja gar nicht. Christin'! *Er stößt mit ihr an.*

THEODOR *stößt mit Mizi an*: Auf die alten Herren, die in Reimen reden.

MIZI *lustig*: Auf die jungen Herren, auch wenn sie gar nichts reden ... zum Beispiel auf den Herrn Fritz ... Sie, Herr Fritz, jetzt trinken wir Bruderschaft, wenn Sie wollen – und die Christin' muß auch mit dem Theodor Bruderschaft trinken.

THEODOR: Aber nicht mit dem Wein, das ist kein Bruderschaftswein. *Erhebt sich, nimmt eine andere Flasche – gleiches Spiel wie früher*: Xeres de la Frontera mille huit cent cinquante – Xeres de la Frontera – Xeres de la Frontera – Xeres de la Frontera.

MIZI *nippt*: Ah –

THEODOR: Kannst du nicht warten, bis wir alle trinken? ... Also, Kinder ... bevor wir uns so feierlich verbrüdern, wollen wir auf den glücklichen Zufall trinken, der, der ... und so weiter ...

MIZI: Ja, ist schon gut! *Sie trinken.*

Fritz nimmt Mizis, Theodor Christinens Arm, die Gläser in der Hand, wie man Bruderschaft zu trinken pflegt.

FRITZ *küßt Mizi.*

THEODOR *will Christine küssen.*

CHRISTINE *lächelnd*: Muß das sein?

THEODOR: Unbedingt, sonst gilts nichts ... *Küßt sie.* So, und jetzt à place! ...

MIZI: Aber schauerlich heiß wirds in dem Zimmer.

FRITZ: Das ist von den vielen Lichtern, die der Theodor angezündet hat.

MIZI: Und von dem Wein. *Sie lehnt sich in den Fauteuil zurück.*

THEODOR: Komm nur daher, jetzt kriegst du ja erst das Beste. *Er schneidet ein Stückchen von der Torte ab und steckts ihr in den Mund.* Da, du Katz – gut? –

MIZI: Sehr! ... *Er gibt ihr noch eins.*

THEODOR: Geh, Fritz, jetzt ist der Moment! Jetzt könntest du was spielen!

FRITZ: Willst du, Christin'?

CHRISTINE: Bitte! –
MIZI: Aber was Fesches!
THEODOR *füllt die Gläser.*
MIZI: Kann nicht mehr. *Trinkt.*
CHRISTINE *nippend*: Der Wein ist so schwer.
THEODOR *auf den Wein weisend*: Fritz!
FRITZ *leert das Glas, geht zum Klavier.*
CHRISTINE *setzt sich zu ihm.*
MIZI: Herr Fritz, spielen S' den Doppeladler.
FRITZ: Den Doppeladler – wie geht der?
MIZI: Dori, kannst du nicht den Doppeladler spielen?
THEODOR: Ich kann überhaupt nicht Klavier spielen.
FRITZ: Ich kenn ihn ja; er fällt mir nur nicht ein.
MIZI: Ich werd ihn Ihnen vorsingen ... La ... la ... lalalala ... la ...
FRITZ: Aha, ich weiß schon. *Spielt aber nicht ganz richtig.*
MIZI *geht zum Klavier*: Nein, so ... *Spielt die Melodie mit einem Finger.*
FRITZ: Ja, ja ... *Er spielt, Mizi singt mit.*
THEODOR: Das sind wieder süße Erinnerungen, was? ...
FRITZ *spielt wieder unrichtig und hält inne*: Es geht nicht. Ich hab gar kein Gehör. *Er phantasiert.*
MIZI *gleich nach dem ersten Takt*: Das ist nichts!
FRITZ *lacht*: Schimpfen Sie nicht, das ist von mir! –
MIZI: Aber zum Tanzen ist es nicht.
FRITZ: Probieren Sie nur einmal ...
THEODOR *zu Mizi*: Komm, versuchen wirs. *Er nimmt sie um die Taille, sie tanzen.*
CHRISTINE *steht am Klavier und schaut auf die Tasten. Es klingelt.*
FRITZ *hört plötzlich auf zu spielen; Theodor und Mizi tanzen weiter.*
THEODOR *und* MIZI *zugleich*: Was ist denn das? – Na!
FRITZ: Es hat eben geklingelt ... *Zu Theodor*: Hast du denn noch jemanden eingeladen?

Theodor: Keine Idee – du brauchst ja nicht zu öffnen.

Christine *zu Fritz*: Was hast du denn?

Fritz: Nichts ...

Es klingelt wieder.

Fritz *steht auf, bleibt stehen.*

Theodor: Du bist einfach nicht zu Hause.

Fritz: Man hört ja das Klavierspielen bis auf den Gang ... Man sieht auch von der Straße her, daß es beleuchtet ist.

Theodor: Was sind denn das für Lächerlichkeiten? Du bist eben nicht zu Haus.

Fritz: Es macht mich aber nervös.

Theodor: Na, was wirds denn sein? Ein Brief! – Oder ein Telegramm – Du wirst ja um – *auf die Uhr sehend* – um neun keinen Besuch bekommen.

Es klingelt wieder.

Fritz: Ach was, ich muß doch nachsehn – *Geht hinaus.*

Mizi: Aber ihr seid auch gar nicht fesch – *Schlägt ein paar Tasten auf dem Klavier an.*

Theodor: Geh, hör jetzt auf! – *Zu Christine*: Was haben Sie denn? Macht Sie das Klingeln auch nervös? –

Fritz *kommt zurück, mit erkünstelter Ruhe.*

Theodor *und* Christine *zugleich*: Na, wer wars?

Fritz *gezwungen lächelnd*: Ihr müßt so gut sein, mich einen Moment zu entschuldigen. Geht unterdessen da hinein.

Theodor: Was gibts denn?

Christine: Wer ists?

Fritz: Nichts, Kind, ich habe nur zwei Worte mit einem Herrn zu sprechen ... *Hat die Tür zum Nebenzimmer geöffnet, geleitet die Mädchen hinein, Theodor ist der letzte, sieht Fritz fragend an.*

Fritz *leise, mit entsetztem Ausdruck*: Er! ...

Theodor: Ah! ...

Fritz: Geh hinein, geh hinein. –

THEODOR: Ich bitt dich, mach keine Dummheiten, es kann eine F a l l e sein ...

FRITZ: Geh ... geh ... *Theodor ins Nebenzimmer. Fritz geht rasch durchs Zimmer auf den Gang, so daß die Bühne einige Augenblicke leer bleibt. Dann tritt er wieder auf, indem er einen elegant gekleideten Herrn von etwa fünfunddreißig Jahren voraus eintreten läßt. – Der Herr ist in gelbem Überzieher, trägt Handschuhe, hält den Hut in der Hand.*

Fritz, der Herr

FRITZ *noch im Eintreten*: Pardon, daß ich Sie warten ließ ... ich bitte ...

DER HERR *in ganz leichtem Tone*: Oh, das tut nichts. Ich bedaure sehr, Sie gestört zu haben.

FRITZ: Gewiß nicht. Bitte wollen Sie nicht – *Weist ihm einen Stuhl an.*

DER HERR: Ich sehe ja, daß ich Sie gestört habe. Kleine Unterhaltung, wie?

FRITZ: Ein paar Freunde.

DER HERR *sich setzend, immer freundlich*: Maskenscherz wahrscheinlich?

FRITZ *befangen*: Wieso?

DER HERR: Nun, Ihre Freunde haben Damenhüte und Mantillen.

FRITZ: Nun ja ... *Lächelnd*: Es mögen ja Freundinnen auch dabei sein ... *Schweigen.*

DER HERR: Das Leben ist zuweilen ganz lustig ... ja ... *Er sieht den andern starr an.*

FRITZ *hält den Blick eine Weile aus, dann sieht er weg*: Ich darf mir wohl die Frage erlauben, was mir die Ehre Ihres Besuches verschafft.

DER HERR: Gewiß ... *Ruhig*: Meine Frau hat nämlich ihren Schleier bei Ihnen vergessen.

FRITZ: Ihre Frau Gemahlin bei mir? ... ihren ... *Lächelnd*: Der Scherz ist ein bißchen sonderbar ...

DER HERR *plötzlich aufstehend, sehr stark, fast wild, indem er sich mit der einen Hand auf die Stuhllehne stützt*: Sie h a t ihn vergessen.

FRITZ *erhebt sich auch, und die beiden stehen einander gegenüber.*

DER HERR *hebt die Faust, als wollte er sie auf Fritz niederfallen lassen; – in Wut und Ekel*: Oh ...!

FRITZ *wehrt ab, geht einen kleinen Schritt nach rückwärts.*

DER HERR *nach einer langen Pause*: Hier sind Ihre Briefe. *Er wirft ein Paket, das er aus der Tasche des Überziehers nimmt, auf den Schreibtisch.* Ich bitte um die, welche Sie erhalten haben ...

FRITZ *abwehrende Bewegung.*

DER HERR *heftig, mit Bedeutung*: Ich will nicht, daß man sie – s p ä t e r bei Ihnen findet.

FRITZ *sehr stark*: Man wird sie nicht finden.

DER HERR *schaut ihn an. Pause.*

FRITZ: Was wünschen Sie noch von mir? ...

DER HERR *höhnisch*: Was ich n o c h wünsche –?

FRITZ: Ich stehe zu Ihrer Verfügung ...

DER HERR *verbeugt sich kühl:* Gut. – *Er läßt seinen Blick im Zimmer umhergehen; wie er wieder den gedeckten Tisch, die Damenhüte usw. sieht, geht eine lebhafte Bewegung über sein Gesicht, als wollte es zu einem neuen Ausbruch seiner Wut kommen.*

FRITZ *der das bemerkt, wiederholt*: Ich bin ganz zu Ihrer Verfügung. – Ich werde morgen bis zwölf Uhr zu Hause sein.

DER HERR *verbeugt sich und wendet sich zum Gehen.*

FRITZ *begleitet ihn bis zur Türe, was der Herr abwehrt. Wie er weg ist, geht Fritz zum Schreibtisch, bleibt eine Weile stehen. Dann eilt er zum Fenster, sieht durch eine Spalte, die die Rouleaux gelassen, hinaus, und man merkt, wie er den auf dem Trottoir gehenden Herrn mit den Blicken verfolgt. Dann entfernt er sich von dem*

Fenster, bleibt, eine Sekunde lang zur Erde schauend stehen; dann geht er zur Türe des Nebenzimmers, öffnet sie zur Hälfte und ruft: Theodor ... auf einen Moment

Fritz, Theodor. Sehr rasch diese Szene.

THEODOR *erregt:* Nun ...

FRITZ: Er weiß es.

THEODOR: Nichts weiß er. Du bist ihm sicher hineingefallen. Hast am Ende gestanden. Du bist ein Narr, sag ich dir ... Du bist –

FRITZ *auf die Briefe weisend:* Er hat mir meine Briefe zurückgebracht.

THEODOR *betroffen:* Oh ... *Nach einer Pause:* Ich sag es immer, man soll nicht Briefe schreiben.

FRITZ: Er ist es gewesen, heute nachmittag, da unten.

THEODOR: Also was hats denn gegeben? – So sprich doch.

FRITZ: Du mußt mir nun einen großen Dienst erweisen, Theodor.

THEODOR: Ich werde die Sache schon in Ordnung bringen.

FRITZ: Davon ist hier nicht mehr die Rede.

THEODOR: Also ...

FRITZ: Es wird für alle Fälle gut sein ... *Sich unterbrechend.* – Aber wir können doch die armen Mädeln nicht so lange warten lassen.

THEODOR: Die können schon warten. Was wolltest du sagen?

FRITZ: Es wird gut sein, wenn du heute noch Lensky aufsuchst.

THEODOR: Gleich, wenn du willst.

FRITZ: Du triffst ihn jetzt nicht ... aber zwischen elf und zwölf kommt er ja sicher ins Kaffeehaus ... vielleicht kommt ihr dann beide noch zu mir ...

THEODOR: Geh, so mach doch kein solches Gesicht ... in neunundneunzig Fällen von hundert geht die Sache gut aus.

FRITZ: Es wird dafür gesorgt sein, daß diese Sache nicht gut ausgeht.

THEODOR: Aber ich bitt dich, erinnere dich, im vorigen Jahr, die Affäre zwischen dem Doktor Billinger und dem Herz – das war doch genau dasselbe.

FRITZ: Laß das, du weißt es selbst – er hätte mich einfach hier in dem Zimmer niederschießen sollen – es wär aufs gleiche herausgekommen.

THEODOR *gekünstelt*: Ah, das ist famos! Das ist eine großartige Auffassung ... Und wir, der Lensky und ich, wir sind nichts? Du meinst, wir werden es zugeben – –

FRITZ: Bitt dich, laß das! ... Ihr werdet einfach annehmen, was man proponieren wird.

THEODOR: Ah –

FRITZ: Wozu das alles, Theodor. Als wenn du's nicht wüßtest.

THEODOR: Unsinn. Überhaupt, das Ganze ist Glückssache ... Ebensogut kannst du ihn ...

FRITZ *ohne darauf zu hören*: Sie hat es geahnt. Wir beide haben es geahnt. Wir haben es gewußt ...

THEODOR: Geh, Fritz ...

FRITZ *zum Schreibtisch, sperrt die Briefe ein*: Was sie in diesem Augenblick nur macht. Ob er sie ... Theodor ... das mußt du morgen in Erfahrung bringen, was dort geschehen ist.

THEODOR: Ich werd es versuchen ...

FRITZ: ... Sieh auch, daß kein überflüssiger Aufschub ...

THEODOR: Vor übermorgen früh wirds ja doch kaum sein können.

FRITZ *beinahe angstvoll*: Theodor!

THEODOR: Also ... Kopf hoch. – Nicht wahr, auf innere Überzeugungen ist doch auch etwas zu geben – und ich hab die feste Überzeugung, daß alles ... gut ausgeht. *Redet sich in Lustigkeit hinein.* Ich weiß selbst nicht warum, aber ich hab einmal die Überzeugung!

FRITZ *lächelnd*: Was bist du für ein guter Kerl! – Aber was sagen wir nur den Mädeln?

THEODOR: Das ist wohl sehr gleichgültig. Schicken wir sie einfach weg.

FRITZ: O nein. Wir wollen sogar möglichst lustig sein. Christine darf gar nichts ahnen. Ich will mich wieder zum Klavier setzen; ruf du sie indessen herein. *Theodor wendet sich, unzufriedenen Gesichts, das zu tun.* Und was wirst du ihnen sagen?

THEODOR: Daß sie das gar nichts angeht.

FRITZ, *der sich zum Klavier gesetzt hat, sich nach ihm umwendend*: Nein, nein –

THEODOR: Daß es sich um einen Freund handelt – das wird sich schon finden.

FRITZ *spielt ein paar Töne.*

THEODOR: Bitte, meine Damen. *Hat die Tür geöffnet.*

Fritz, Theodor, Christine, Mizi.

MIZI: Na endlich! Ist der schon fort?

CHRISTINE *zu Fritz eilend*: Wer war bei dir, Fritz?

FRITZ *am Klavier, weiterspielend*: Ist schon wieder neugierig.

CHRISTINE: Ich bitt dich, Fritz, sags mir.

FRITZ: Schatz, ich kanns dir nicht sagen, es handelt sich wirklich um Leute, die du gar nicht kennst.

CHRISTINE *schmeichelnd*: Geh, Fritz, sag mir die Wahrheit!

THEODOR: Sie läßt dich natürlich nicht in Ruh ... Daß du ihr nichts sagst! Du hasts ihm versprochen!

MIZI: Geh, sei doch nicht so fad, Christin', laß ihnen die Freud! Sie machen sich eh nur wichtig!

THEODOR: Ich muß den Walzer mit Fräulein Mizi zu Ende tanzen. *Mit der Betonung eines Clowns*: Bitte, Herr Kapellmeister – eine kleine Musik.

FRITZ *spielt.*

Theodor und Mizi tanzen; nach wenigen Takten:

MIZI: Ich kann nicht! *Sie fällt in einen Fauteuil zurück.*

THEODOR *küßt sie, setzt sich auf die Lehne des Fauteuils zu ihr.*

FRITZ *bleibt am Klavier, nimmt Christine bei beiden Händen, sieht sie an.*

CHRISTINE *wie erwachend*: Warum spielst du nicht weiter?

FRITZ *lächelnd*: Genug für heut ...

CHRISTINE: Siehst du, so möcht ich spielen können ...

FRITZ: Spielst du viel? ...

CHRISTINE: Ich komme nicht viel dazu; im Haus ist immer was zu tun. Und dann, weißt, wir haben ein so schlechtes Pianino.

FRITZ: Ich möchts wohl einmal versuchen. Ich möcht überhaupt gern dein Zimmer einmal sehen.

CHRISTINE *lächelnd*: 's ist nicht so schön wie bei dir! ...

FRITZ: Und n o c h eins möcht ich: Daß du mir einmal viel von dir erzählst ... recht viel ... ich weiß eigentlich so wenig von dir.

CHRISTINE: Ist wenig zu erzählen. – Ich hab auch keine Geheimnisse – wie wer anderer ...

FRITZ: Du hast noch keinen liebgehabt?

CHRISTINE *sieht ihn nur an.*

FRITZ *küßt ihr die Hände.*

CHRISTINE: Und werd auch nie wen andern liebhaben ...

FRITZ *mit fast schmerzlichem Ausdruck*: Sag das nicht ... sags nicht ... was weißt du denn? ... Hat dich dein Vater sehr gern, Christin'? –

CHRISTINE: O Gott! ... Es war auch eine Zeit, wo ich ihm alles erzählt hab. –

FRITZ: Na, Kind, mach dir nur keine Vorwürfe ... Ab und zu hat man halt Geheimnisse – das ist der Lauf der Welt.

CHRISTINE: ... Wenn ich nur wüßte, daß du mich gern hast – da wär ja alles ganz gut.

FRITZ: Weißt du's denn nicht?

CHRISTINE: Wenn du immer in dem Ton zu mir reden möchtest, ja dann ...

FRITZ: Christin'! Du sitzt aber recht unbequem.

CHRISTINE: Ach laß mich nur – es ist da ganz gut. *Sie legt den Kopf aufs Klavier.*

FRITZ *steht auf und streichelt ihr die Haare.*

CHRISTINE: Oh, das ist gut.

Stille im Zimmer.

THEODOR: Wo sind denn die Zigarren, Fritz?

FRITZ *kommt zu ihm hin, der bei der Kredenz steht und schon gesucht hat.*

MIZI *ist eingeschlummert.*

FRITZ *reicht ihm ein Zigarrenkistchen*: Und der schwarze Kaffee! *Er schenkt zwei Tassen ein.*

THEODOR: Kinder, wollt ihr nicht auch schwarzen Kaffee haben?

FRITZ: Mizi, soll ich dir eine Tasse ...

THEODOR: Lassen wir sie schlafen ... – Du, trink übrigens keinen Kaffee heut. Du solltest dich möglichst bald zu Bette legen und schauen, daß du ordentlich schläfst.

FRITZ *sieht ihn an und lacht bitter.*

THEODOR: Na ja, jetzt stehn die Dinge nun einmal so, wie sie stehn ... und es handelt sich jetzt nicht darum, so großartig oder so tiefsinnig, sondern so vernünftig zu sein wie möglich ... darauf kommt es an ... in solchen Fällen.

FRITZ: Du kommst noch heute nacht mit Lensky zu mir, ja? ...

THEODOR: Das ist ein Unsinn. Morgen früh ist Zeit genug.

FRITZ: Ich bitt dich drum.

THEODOR: Also schön ...

FRITZ: Begleitest du die Mädeln nach Hause?

THEODOR: Ja, und zwar sofort ... Mizi! ... Erhebe dich! –

MIZI: Ihr trinkt da schwarzen Kaffee –! Gebts mir auch einen! –

THEODOR: Da hast du, Kind ...
FRITZ *zu Christine hin*: Bist müd, mein Schatz? ...
CHRISTINE: Wie lieb das ist, wenn du so sprichst.
FRITZ: Sehr müd? –
CHRISTINE *lächelnd*: Der Wein. – Ich hab auch ein bissel Kopfweh ...
FRITZ: Na, in der Luft wird dir das schon vergehn!
CHRISTINE: Gehen wir schon? – Begleitest du uns?
FRITZ: Nein, Kind. Ich bleib jetzt schon zu Haus ... Ich hab noch einiges zu tun.
CHRISTINE, *der wieder die Erinnerung kommt*: Jetzt ... Was hast du denn jetzt zu tun?
FRITZ *beinahe streng*: Du, Christin', das mußt du dir abgewöhnen! – *Mild*: Ich bin nämlich wie zerschlagen ... wir sind heut, der Theodor und ich, draußen auf dem Land zwei Stunden herumgelaufen –
THEODOR: Ah, das war entzückend. Nächstens fahren wir alle zusammen hinaus aufs Land.
MIZI: Ja, das ist fesch! Und ihr zieht euch die Uniform an dazu.
THEODOR: Das ist doch wenigstens Natursinn!
CHRISTINE: Wann sehen wir uns denn wieder?
FRITZ *etwas nervös:* Ich schreibs dir schon.
CHRISTINE *traurig*: Leb wohl. *Wendet sich zum Gehen.*
FRITZ *bemerkt ihre Traurigkeit*: Morgen sehn wir uns, Christin'.
CHRISTINE *froh:* Ja?
FRITZ: In dem Garten ... dort bei der Linie wie neulich ... um – sagen wir, um sechs Uhr ... ja? Ists dir recht?
CHRISTINE *nickt.*
MIZI *zu Fritz*: Gehst mit uns, Fritz?
THEODOR: Die hat ein Talent zum Dusagen –!
FRITZ: Nein, ich bleib schon zu Haus.
MIZI: Der hats gut! Was wir noch für einen Riesenweg nach Haus haben ...

FRITZ: Aber, Mizi, du hast ja beinah die ganze gute Torte stehenlassen. Wart, ich pack sie dir ein – ja?

MIZI *zu Theodor*: Schickt sich das?

FRITZ *schlägt die Torte ein.*

CHRISTINE: Die ist wie ein kleines Kind ...

MIZI *zu Fritz*: Wart, dafür helf ich dir die Lichter auslöschen. *Löscht ein Licht nach dem andern aus, das Licht auf dem Schreibtisch bleibt.*

CHRISTINE: Soll ich dir nicht das Fenster aufmachen? – es ist so schwül. *Sie öffnet das Fenster, Blick auf das gegenüberliegende Haus.*

FRITZ: So, Kinder. Jetzt leucht ich euch.

MIZI: Ist denn schon ausgelöscht auf der Stiege?

THEODOR: Na, selbstverständlich.

CHRISTINE: Ah, die Luft ist gut, die da hereinkommt! ...

MIZI: Mailüfterl ... *Bei der Tür, Fritz hat den Leuchter in der Hand.* Also, wir danken für die freundliche Aufnahme! –

THEODOR *sie drängend*: Geh, geh, geh, geh ...

Fritz geleitet die andern hinaus. Die Tür bleibt offen, man hört die Personen draußen reden. Man hört die Wohnungstür aufschließen.

MIZI: Also pah! –

THEODOR: Gib acht, da sind Stufen.

MIZI: Danke schön für die Torte ...

THEODOR: Pst, du weckst ja die Leute auf! –

CHRISTINE: Gute Nacht!

THEODOR: Gute Nacht!

Man hört, wie Fritz die Tür draußen schließt und versperrt. – Während er hereintritt und das Licht auf den Schreibtisch stellt, hört man das Haustor unten öffnen und schließen.

FRITZ *geht zum Fenster und grüßt hinunter.*

CHRISTINE *von der Straße*: Gute Nacht!

MIZI *ebenso, übermütig*: Gute Nacht, du mein herziges Kind ...

THEODOR *scheltend*: Du, Mizi ...

Man hört seine Worte, ihr Lachen, die Schritte verklingen. Theodor pfeift die Melodie des »Doppeladler«, die am spätesten verklingt. Fritz sieht noch ein paar Sekunden hinaus, dann sinkt er auf den Fauteuil neben dem Fenster. Vorhang

ZWEITER AKT

Zimmer Christinens. Bescheiden und nett. Christine kleidet sich eben zum Weggehen an. Katharina tritt auf, nachdem sie draußen angeklopft hat.

KATHARINA: Guten Abend, Fräulein Christin'.

CHRISTINE, *die vor dem Spiegel steht, wendet sich um:* Guten Abend.

KATHARINA: Sie wollen grad weggehn?

CHRISTINE: Ich habs nicht so eilig.

KATHARINA: Ich komm nämlich von meinem Mann, ob Sie mit uns nachtmahlen gehen wollen in' Lehnergarten, weil heut dort Musik ist.

CHRISTINE: Danke sehr, Frau Binder ... ich kann heut nicht ... ein anderes Mal, ja? – Aber Sie sind nicht bös?

KATHARINA: Keine Spur ... warum denn? Sie werden sich schon besser unterhalten können als mit uns.

CHRISTINE *Blick.*

KATHARINA: Der Vater ist schon im Theater? ...

CHRISTINE: O nein; er kommt noch früher nach Haus. Jetzt fangts ja erst um halb acht an!

KATHARINA: Richtig, das vergeß ich alleweil. Da werd ich gleich auf ihn warten, weil ich ihn schon lang bitten möcht wegen Freikarten zu dem neuen Stück ... Jetzt wird man s' doch schon kriegen? ...

CHRISTINE: Freilich ... es geht ja jetzt keiner mehr hinein, wenn einmal die Abende so schön werden.

KATHARINA: Unsereins kommt ja sonst gar nicht dazu ... wenn man nicht zufällig Bekannte bei einem Theater hat ... Aber halten Sie sich meinetwegen nicht auf, Fräulein Christin', wenn Sie weg müssen. Meinem Mann wirds freilich sehr leid sein ... und noch wem andern auch ...

CHRISTINE: Wem?

KATHARINA: Der Cousin von Binder ist mit, natürlich... Wissen Sie, Fräulein Christin', daß er jetzt fix angestellt ist?

CHRISTINE *gleichgültig*: Ah.

KATHARINA: Und mit einem ganz schönen Gehalt. Und so ein honetter junger Mensch. Und eine Verehrung hat er für Sie –

CHRISTINE: Also – auf Wiedersehen, Frau Binder.

KATHARINA: Dem könnt man von Ihnen erzählen, was man will – der möcht kein Wort glauben...

CHRISTINE *Blick.*

KATHARINA: Es gibt schon solche Männer...

CHRISTINE: Adieu, Frau Binder.

KATHARINA: Adieu... *Nicht zu boshaft im Ton*: Daß Sie nur zum Rendezvous nicht zu spät kommen, Fräul'n Christin'!

CHRISTINE: Was wollen Sie eigentlich von mir? –

KATHARINA: Aber nichts, Sie haben ja recht! Man ist ja nur einmal jung.

CHRISTINE: Adieu.

KATHARINA: Aber einen Rat, Fräulein Christin', möcht ich Ihnen doch geben: Ein bissel vorsichtiger sollten Sie sein!

CHRISTINE: Was heißt denn das?

KATHARINA: Schaun Sie – Wien ist ja eine so große Stadt... Müssen Sie sich Ihre Rendezvous grad hundert Schritt weit vom Haus geben?

CHRISTINE: Das geht wohl niemanden was an.

KATHARINA: Ich habs gar nicht glauben wollen, wie mirs der Binder erzählt hat. Der hat Sie nämlich gesehn... Geh, hab ich ihm gesagt, du wirst dich verschaut haben. Das Fräulein Christin', die ist keine Person, die mit eleganten jungen Herren am Abend spazierengeht, und wenn schon, so wirds doch so gescheit sein, und nicht grad in unserer Gassen! Na, sagt er, kannst sie ja selber fragen! Und, sagt er, ein Wunder ists ja nicht – zu uns kommt sie gar nimmermehr, aber dafür läuft sie in einer Tour mit der Schlager Mizi herum, ist das eine Gesellschaft für ein anständiges junges Mädel? – Die Männer sind ja so ordinär, Fräul'n Christin'! – Und dem Franz hat ers natürlich auch gleich erzählen müssen, aber der ist schön bös geworden – und für die Fräul'n Christin' legt er die Hand ins Feuer, und wer was über Sie sagt, der hats mit ihm zu tun. Und wie Sie so fürs Häusliche sind und wie lieb Sie alleweil mit der alten Fräul'n Tant gewesen sind – Gott schenk ihr die ewige Ruh – und wie bescheiden und wie eingezogen als Sie leben und so weiter ... *Pause.* Vielleicht kommen S' doch mit zur Musik?

CHRISTINE: Nein ...

Katharina, Christine. Weiring tritt auf. Er hat einen Fliederzweig in der Hand.

WEIRING: Guten Abend ... Ah, die Frau Binder. Wie gehts Ihnen denn?

KATHARINA: Dank schön.

WEIRING: Und das Linerl? – Und der Herr Gemahl? ...

KATHARINA: Alles gesund, Gott sei Dank.

WEIRING: Na, das ist schön. – *Zu Christine:* Du bist noch zu Haus bei dem schönen Wetter –?

CHRISTINE: Grad hab ich fortgehen wollen.

WEIRING: Das ist gescheit! – Eine Luft ist heut draußen, was, Frau Binder, das ist was Wunderbars. Ich bin jetzt durch den Garten bei der Linie gegangen – da blüht der Flieder – es ist eine Pracht! Ich hab mich auch einer Übertretung schuldig gemacht! *Gibt den Fliederzweig der Christine.*

CHRISTINE: Dank dir, Vater.

KATHARINA: Sein S' froh, daß Sie der Wächter nicht erwischt hat.

WEIRING: Gehn S' einmal in, Frau Binder – es riecht noch genau so gut dort, als wenn ich das Zweigerl nicht abgepflückt hätt.

KATHARINA: Wenn sich das aber alle dächten –

WEIRING: Das wär freilich g'fehlt!

CHRISTINE: Adieu, Vater!

WEIRING: Wenn du ein paar Minuten warten möchtest, so könntest du mich zum Theater hinbegleiten.

CHRISTINE: Ich ... ich hab der Mizi versprochen, daß ich sie abhol ...

WEIRING: Ah so. – Ist auch gescheiter. Jugend gehört zur Jugend. Adieu, Christin' ...

CHRISTINE *küßt ihn. Dann*: Adieu, Frau Binder! – *Ab; Weiring sieht ihr zärtlich nach.*

Katharina, Weiring

KATHARINA: Das ist ja jetzt eine sehr intime Freundschaft mit der Fräul'n Mizi.

WEIRING: Ja. – Ich bin wirklich froh, daß die Tini eine Ansprach hat und nicht in einem fort zu Hause sitzt. Was hat denn das Mädel eigentlich von ihrem Leben! ...

KATHARINA: Ja, freilich.

WEIRING: Ich kann Ihnen gar nicht sagen, Frau Binder, wie weh mirs manchmal tut, wenn ich so nach Haus komm, von der Prob – und sie sitzt da und näht – und Nachmittag, kaum stehn wir vom Tisch auf, so setzt sie sich schon wieder hin und schreibt ihre Noten ...

KATHARINA: Na ja, die Millionäre habens freilich besser wie unsereins. Aber was ist denn eigentlich mit ihrem Singen?

WEIRING: Das heißt nicht viel. Fürs Zimmer reicht die Stimme ja aus, und für ihren Vater singt sie schön genug – aber leben kann man nicht davon.

KATHARINA: Das ist aber schad.

WEIRING: Ich bin froh, daß sie's selber einsieht. Werden ihr wenigstens die Enttäuschungen erspart bleiben. – Zum Chor von unserm Theater könnt ich sie natürlich bringen –

KATHARINA: Freilich, mit d e r Figur!

WEIRING: Aber da sind ja gar keine Aussichten.

KATHARINA: Man hat wirklich Sorgen mit einem Mädel! Wenn ich denk, daß meine Linerl in fünf, sechs Jahren auch eine große Fräul'n ist –

WEIRING: Aber was setzen Sie sich denn nicht, Frau Binder?

KATHARINA: Oh, ich dank schön, mein Mann holt mich gleich ab – ich bin ja nur heraufgekommen, die Christin' einladen...

WEIRING: Einladen –?

KATHARINA: Ja, zur Musik im Lehnergarten. Ich hab mir auch gedacht, daß sie das ein bissel aufheitern wird – sie brauchts ja wirklich.

WEIRING: Könnt ihr wahrhaftig nicht schaden – besonders nach dem traurigen Winter. Warum geht sie denn nicht mit Ihnen –?

KATHARINA: Ich weiß nicht... Vielleicht weil der Cousin vom Binder mit ist.

WEIRING: Ah, schon möglich. Den kanns nämlich nicht ausstehn. Das hat sie mir selber erzählt.

KATHARINA: Ja, warum denn nicht? Der Franz ist ein sehr anständiger Mensch – jetzt ist er sogar fix angestellt. das ist doch heutzutag ein Glück für ein...

WEIRING: Für ein... armes Mädel –

KATHARINA: Für ein jedes Mädel ist das ein Glück.

WEIRING: Ja, sagen Sie mir, Frau Binder, ist denn so ein blühendes Geschöpf wirklich zu nichts anderem da als für so einen anständigen Menschen, der zufällig eine fixe Anstellung hat?

KATHARINA: Ist doch das gescheiteste! Auf einen Grafen kann man ja doch nicht warten, und wenn einmal einer kommt, so empfiehlt er sich dann gewöhnlich, ohne daß er einen geheiratet hat... *Weiring ist beim Fenster. Pause.* Na ja ... Deswegen sag ich auch immer, man kann bei einem jungen Mädel nicht vorsichtig genug sein – besonders mit dem Umgang –

WEIRING: Obs nur dafür steht, seine jungen Jahre so einfach zum Fenster hinauszuwerfen? – Und was hat denn so ein armes Geschöpf schließlich von seiner ganzen Bravheit, wenn schon – nach jahrelangem Warten – richtig der Strumpfwirker kommt!

KATHARINA: Herr Weiring, wenn mein Mann auch ein Strumpfwirker ist, er ist ein honetter und ein braver Mann, über den ich mich nie zu beklagen gehabt hab ...

WEIRING *begütigend*: Aber, Frau Binder – geht denn das auf Sie! ... Sie haben ja auch Ihre Jugend nicht zum Fenster hinausgeworfen.

KATHARINA: Ich weiß von der Zeit nichts mehr.

WEIRING: Sagen S' das nicht – Sie können mir jetzt erzählen, was Sie wollen – die Erinnerungen sind doch das Beste, was Sie von Ihrem Leben haben.

KATHARINA: Ich hab gar keine Erinnerungen.

WEIRING: Na, na ...

KATHARINA: Und was bleibt denn übrig, wenn eine schon solche Erinnerungen hat, wie Sie meinen? ... Die Reu.

WEIRING: Na, und was bleibt denn übrig – wenn sie – nicht einmal was zum Erinnern hat –? Wenn das ganze Leben nur so vorbeigegangen ist – *sehr einfach, nicht pathetisch* – ein Tag wie der andere, ohne Glück und ohne Liebe – dann ists vielleicht besser?

KATHARINA: Aber, Herr Weiring, denken Sie doch nur an das alte Fräul'n – an Ihre Schwester! ... Aber es tut Ihnen noch weh, wenn man von ihr redt, Herr Weiring ...

WEIRING: Es tut mir noch weh, ja ...

KATHARINA: Freilich ... wenn zwei Leut so aneinander gehängt haben ... ich habs immer gesagt, so einen Bruder wie Sie findt man nicht bald.

WEIRING *abwehrende Bewegung*.

KATHARINA: Es ist ja wahr. Sie haben ihr doch als ein ganz junger Mensch Vater und Mutter ersetzen müssen.

WEIRING: Ja, ja –

KATHARINA: Das muß ja doch wieder eine Art Trost sein. Wenn man so weiß, daß man immer der Wohltäter und Beschützer von so einem armen Geschöpf gewesen ist –

WEIRING: Ja, das hab ich mir früher auch eingebildet – wie sie noch ein schönes junges Mädel war – und ich bin mir selber weiß Gott wie gescheit und edel vorgekommen. Aber dann, später, wie so langsam die grauen Haar gekommen sind und die Runzeln, und es ist ein Tag um den andern hingegangen – und die ganze Jugend – und das junge Mädel ist so allmählich – man merkt ja so was kaum – das alte Fräulein geworden – da hab ich erst zu spüren angefangen, was ich eigentlich getan hab!

KATHARINA: Aber Herr Weiring –

WEIRING: Ich seh sie ja noch vor mir, wie sie mir oft gegenübergesessen ist am Abend, bei der Lampe, in dem Zimmer da, und hat mich so angeschaut mit ihrem stillen Lächeln, mit dem gewissen gottergebenen – als wollt sie mir noch für was danken; – und ich – ich hätt mich ja am liebsten vor ihr auf die Knie hingeworfen, sie um Verzeihung bitten, daß ich sie so gut behütet hab vor allen Gefahren – und vor allem Glück! *Pause.*

KATHARINA: Und es wär doch manche froh, wenn sie immer so einen Bruder an der Seite gehabt hätt ... und nichts zu bereuen ...

Katharina, Weiring. Mizi tritt ein.

MIZI: Guten Abend! ... Da ist aber schon ganz dunkel ... man sieht ja gar nicht mehr. – Ah, die Frau Binder? Ihr Mann ist unten, Frau Binder, und wart auf Sie ... Ist die Christin' nicht zu Haus? ...

WEIRING: Sie ist vor einer Viertelstunde weggegangen.

KATHARINA: Haben Sie sie denn nicht getroffen? Sie hat ja mit Ihnen ein Rendezvous gehabt?

MIZI: Nein ... wir haben uns jedenfalls verfehlt ... Sie gehn mit Ihrem Mann zur Musik, hat er mir gesagt –?

KATHARINA: Ja, er schwärmt soviel dafür. Aber hören Sie, Fräulein Mizi, Sie haben ein reizendes Hüterl auf. Neu, was?

MIZI: Aber keine Spur. – Kennen Sie denn die Form nimmer? Vom vorigen Frühjahr; nur aufgeputzt ist er neu.

KATHARINA: Selber haben Sie sich ihn neu aufgeputzt?

MIZI: Na, freilich.

WEIRING: So geschickt!

KATHARINA: Natürlich – ich vergeß immer, daß Sie ein Jahr lang in einem Modistengeschäft waren.

MIZI: Ich werd wahrscheinlich wieder in eins gehn. Die Mutter wills haben – da kann man nichts machen.

KATHARINA: Wie gehts denn der Mutter?

MIZI: Na gut – ein bissel Zahnweh hats – aber der Doktor sagt, es ist nur rheumatisch ...

WEIRING: Ja, jetzt ist es aber für mich die höchste Zeit ...

KATHARINA: Ich geh gleich mit Ihnen hinunter, Herr Weiring ...

MIZI: Ich geh auch mit ... Aber nehmen Sie sich doch den Überzieher, Herr Weiring, es wird später noch recht kühl.

WEIRING: Glauben Sie?

KATHARINA: Freilich ... Wie kann man denn so unvorsichtig sein.

Vorige – Christine

MIZI: Da ist sie ja ...

KATHARINA: Schon zurück vom Spaziergang?

CHRISTINE: Ja. Grüß dich Gott, Mizi ... Ich hab so Kopfweh ... *Setzt sich.*

WEIRING: Wie? ...

KATHARINA: Das ist wahrscheinlich von der Luft ...

WEIRING: Geh, was hast denn, Christin'! ... Bitt Sie, Fräulein Mizi, zünden S' die Lampe an.

MIZI *macht sich bereit.*

CHRISTINE: Aber das kann ich ja selber.

WEIRING: Ich möcht dein Gesicht sehn, Christin'! ...

CHRISTINE: Aber Vater, es ist ja gar nichts, es ist gewiß von der Luft draußen.

KATHARINA: Manche Leut können grad das Frühjahr nicht vertragen.

WEIRING: Nicht wahr, Fräulein Mizi, Sie bleiben doch bei der Christin'?

MIZI: Freilich bleib ich da ...

CHRISTINE: Aber es ist ja gar nichts, Vater.

MIZI: Meine Mutter macht nicht soviel Geschichten mit mir, wenn ich Kopfweh hab ...

WEIRING *zu Christine, die noch sitzt*: Bist du so müd? ...

CHRISTINE *vom Sessel aufstehend*: Ich steh schon wieder auf. *Lächelnd.*

WEIRING: So – jetzt schaust du schon wieder ganz anders aus. – *Zu Katharina*: Ganz anders schaut sie aus, wenn sie lacht, was ... ? Also Adieu, Christin' ... *Küßt sie.* Und daß das Kopferl nimmer weh tut, wenn ich nach Haus komm! ... *Ist bei der Tür.*

KATHARINA *leise zu Christine*: Habts ihr euch gezankt?

Unwillige Bewegung Christinens.

WEIRING *bei der Tür*: Frau Binder ... !

MIZI: Adieu! ...

Weiring und Katharina ab.

Mizi, Christine

MIZI: Weißt, woher die Kopfweh kommen? Von dem süßen Wein gestern. Ich wunder mich so, daß ich gar nichts davon gespürt hab ... Aber lustig ists gewesen, was ... ?

CHRISTINE *nickt.*

MIZI: Sind sehr fesche Leut, beide – kann man gar nichts sagen, was? – Und schön eingerichtet ist der Fritz, wirklich, prachtvoll! Beim Dori... *Unterbricht sich.* Ah nichts ... — Geh, hast noch immer so starke Kopfschmerzen? Warum redst denn nichts?... Was hast denn?...

CHRISTINE: Denk dir — er ist nicht gekommen.

MIZI: Er hat dich aufsitzen lassen? Das geschieht dir recht!

CHRISTINE: Ja, was heißt denn das? Was hab ich denn getan? —

MIZI: Verwöhnen tust du ihn, zu gut bist du zu ihm. Da muß ja ein Mann arrogant werden.

CHRISTINE: Aber du weißt ja nicht, was du sprichst.

MIZI: Ich weiß ganz gut, was ich red. — Schon die ganze Zeit ärger ich mich über dich. Er kommt zu spät zu den Rendezvous, er begleit dich nicht nach Haus, er setzt sich zu fremden Leuten in die Log hinein, er läßt dich einfach aufsitzen — das läßt du dir alles ruhig gefallen und schaust ihn noch dazu — *sie parodierend* — mit so verliebten Augen an. —

CHRISTINE: Geh, sprich nicht so, stell dich doch nicht schlechter, als du bist. Du hast ja den Theodor auch gern.

MIZI: Gern — freilich hab ich ihn gern. Aber das erlebt der Dori nicht, und das erlebt überhaupt kein Mann mehr, daß ich mich um ihn kränken tät — das sind sie alle zusamm nicht wert, die Männer.

CHRISTINE: Nie hab ich dich so reden gehört, nie! —

MIZI: Ja, Tinerl — früher haben wir doch überhaupt nicht so miteinander geredt. — Ich hab mich ja gar nicht getraut. Was glaubst denn, was ich für einen Respekt vor dir gehabt hab!... Aber siehst, das hab ich mir immer gedacht: Wenns einmal über dich kommt, wirds dich ordentlich haben. Das erstemal beutelts einen schon zusammen! — Aber dafür kannst du auch froh sein, daß du bei deiner ersten Liebe gleich eine so gute Freundin zum Beistand hast.

CHRISTINE: Mizi!

MIZI: Glaubst mirs nicht, daß ich dir eine gute Freundin bin? Wenn ich nicht da bin und dir sag: Kind, er ist ein Mann wie die andern, und alle zusammen sinds nicht eine böse Stund wert, so setzt du dir weiß Gott was für Sachen in den Kopf. Ich sags aber immer! Den Männern soll man überhaupt kein Wort glauben.

CHRISTINE: Was redst du denn – die Männer, die Männer – was gehn mich denn die Männer an! – Ich frag ja nicht nach den anderen. – In meinem ganzen Leben werd ich nach keinem andern fragen!

MIZI: ... Ja, was glaubst du denn eigentlich ... hat er dir denn ...? Freilich – es ist schon alles vorgekommen; aber da hättest du die Geschichte anders anfangen müssen ...

CHRISTINE: Schweig endlich!

MIZI: Na, was willst denn von mir? Ich kann ja nichts dafür – das muß man sich früher überlegen. Da muß man halt warten, bis einer kommt, dem man die ernsten Absichten gleich am Gesicht ankennt ...

CHRISTINE: Mizi, ich kann solche Worte heute nicht vertragen, sie tun mir weh. –

MIZI *gutmütig*: Na, geh –

CHRISTINE: Laß mich lieber ... sei nicht bös ... laß mich lieber allein!

MIZI: Warum soll ich denn bös sein? Ich geh schon. Ich hab dich nicht kränken wollen, Christin', wirklich ... *Wie sie sich zum Gehen wendet*: Ah, der Herr Fritz.

Vorige – Fritz ist eingetreten.

FRITZ: Guten Abend!

CHRISTINE *aufjubelnd*: Fritz, Fritz! *Ihm entgegen, in seine Arme.*

MIZI *schleicht sich hinaus, mit einer Miene, die ausdrückt: Da bin ich überflüssig.*

FRITZ *sich losmachend*: Aber –

CHRISTINE: Alle sagen, daß du mich verlassen wirst! Nicht wahr, du tust es nicht – jetzt noch nicht – jetzt noch nicht ...

FRITZ: Wer sagt denn das? ... Was hast du denn ... *Sie streichelnd*: Aber Schatz! ... Ich hab mir eigentlich gedacht, daß du recht erschrecken wirst, wenn ich plötzlich da hereinkomme. –

CHRISTINE: Oh – daß du nur da bist!

FRITZ: Geh, so beruhig dich doch – hast du lang auf mich gewartet?

CHRISTINE: Warum bist du denn nicht gekommen?

FRITZ: Ich bin aufgehalten worden, hab mich verspätet. Jetzt bin ich im Garten gewesen und hab dich nicht gefunden – und hab wieder nach Hause gehen wollen. Aber plötzlich hat mich eine solche Sehnsucht gepackt, eine solche Sehnsucht nach diesem lieben süßen Gesichtel ...

CHRISTINE *glücklich*: Is wahr?

FRITZ: Und dann hab ich auch plötzlich eine so unbeschreibliche Lust bekommen zu sehen, wo du eigentlich wohnst – ja, im Ernst – ich hab das einmal sehen müssen – und da hab ichs nicht ausgehalten und bin da herauf ... es ist dir also nicht unangenehm?

CHRISTINE: O Gott!

FRITZ: Es hat mich niemand gesehn – und daß dein Vater im Theater ist, hab ich ja gewußt.

CHRISTINE: Was liegt mir an den Leuten!

FRITZ: Also da –? *Sieht sich im Zimmer um.* Das also ist dein Zimmer? Sehr hübsch ...

CHRISTINE: Du siehst ja gar nichts. *Will den Schirm von der Lampe nehmen.*

FRITZ: Nein, laß nur, das blendet mich, ist besser so ... Also da? Das ist das Fenster, von dem du mir erzählt hast, an dem du immer arbeitest, was? – Und die schöne Aussicht! *Lächelnd*: Über wieviel Dächer man da sieht

... Und da drüben – ja, was ist denn das, das Schwarze, das man da drüben sieht?

CHRISTINE: Das ist der Kahlenberg!

FRITZ: Richtig! Du hasts eigentlich schöner als ich.

CHRISTINE: Oh!

FRITZ: Ich möchte gern so hoch wohnen, über alle Dächer sehn, ich finde das sehr schön. Und auch still muß es in der Gasse sein?

CHRISTINE: Ach, bei Tag ist Lärm genug.

FRITZ: Fährt denn da je ein Wagen vorbei?

CHRISTINE: Selten, aber gleich im Haus drüben ist eine Schlosserei.

FRITZ: Oh, das ist sehr unangenehm. *Er hat sich niedergesetzt.*

CHRISTINE: Das gewöhnt man. Man hörts gar nicht mehr.

FRITZ *steht rasch wieder auf*: Bin ich wirklich zum erstenmal da –? Es kommt mir alles so bekannt vor! ... Genau so hab ich mirs eigentlich vorgestellt. *Wie er Miene macht, sich näher im Zimmer umzusehen –*

CHRISTINE: Nein, anschaun darfst du dir da nichts. –

FRITZ: Was sind denn das für Bilder? ...

CHRISTINE: Geh! ...

FRITZ: Ah, die möcht ich mir ansehn. *Er nimmt die Lampe und beleuchtet die Bilder.*

CHRISTINE: ... Abschied – und Heimkehr!

FRITZ: Richtig – Abschied und Heimkehr!

CHRISTINE: Ich weiß schon, daß die Bilder nicht schön sind. – Beim Vater drin hängt eins, das ist viel besser.

FRITZ: Was ist das für ein Bild?

CHRISTINE: Das ist ein Mädel, die schaut zum Fenster hinaus, und draußen, weißt, ist der Winter – und das heißt »Verlassen«. –

FRITZ: So ... *Stellt die Lampe hin.* Ah, und da ist deine Bibliothek. *Setzt sich neben die kleine Bücherstellage.*

CHRISTINE: Die schau dir lieber nicht an –

FRITZ: Warum denn? Ah! – Schiller ... Hauff ... Das Konversationslexikon ... Donnerwetter! –

CHRISTINE: Geht nur bis zum G ...

FRITZ *lächelnd*: Ach so ... Das Buch für Alle ... Da schaust du dir die Bilder drin an, was?

CHRISTINE: Natürlich hab ich mir die Bilder angeschaut.

FRITZ *noch sitzend*: Wer ist denn der Herr da auf dem Ofen?

CHRISTINE *belehrend*: Das ist doch der Schubert.

FRITZ *aufstehend*: Richtig –

CHRISTINE: Weil ihn der Vater so gern hat. Der Vater hat früher auch einmal Lieder komponiert, sehr schöne.

FRITZ: Jetzt nimmer?

CHRISTINE: Jetzt nimmer. *Pause.*

FRITZ *setzt sich*: So gemütlich ist es da! –

CHRISTINE: Gefällts dir wirklich?

FRITZ: Sehr ... Was ist denn das? *Nimmt eine Vase mit Kunstblumen, die auf dem Tisch steht.*

CHRISTINE: Er hat schon wieder was gefunden! ...

FRITZ: Nein, Kind, das gehört nicht da herein ... das sieht verstaubt aus.

CHRISTINE: Die sind aber gewiß nicht verstaubt.

FRITZ: Künstliche Blumen sehen immer verstaubt aus ... In deinem Zimmer müssen wirkliche Blumen stehn, die duften und frisch sind. Von jetzt an werde ich dir ... *Unterbricht sich, wendet sich ab, um seine Bewegung zu verbergen.*

CHRISTINE: Was denn? ... Was wolltest du denn sagen?

FRITZ: Nichts, nichts ...

CHRISTINE *steht auf, zärtlich*: Was? –

FRITZ: Daß ich dir morgen frische Blumen schicken werde, hab ich sagen wollen ...

CHRISTINE: Na, und reuts dich schon? – Natürlich! Morgen denkst du ja nicht mehr an mich.

FRITZ *abwehrende Bewegung.*

CHRISTINE: Gewiß, wenn du mich nicht siehst, denkst du nicht an mich.

FRITZ: Aber was redest du denn?

CHRISTINE: O ja, ich weiß es. Ich spürs ja.

FRITZ: Wie kannst du dir das nur einbilden?

CHRISTINE: Du selbst bist schuld daran. Weil du immer Geheimnisse vor mir hast! ... Weil du mir gar nichts von dir erzählst. – Was tust du so den ganzen Tag?

FRITZ: Aber Schatz, das ist ja sehr einfach. Ich geh in Vorlesungen – zuweilen – dann geh ich ins Kaffeehaus ... dann les ich ... manchmal spiel ich auch Klavier – dann plauder ich mit dem oder jenem – dann mach ich Besuche ... das ist doch alles ganz belanglos. Es ist ja langweilig, davon zu reden. – Jetzt muß ich übrigens gehn, Kind ...

CHRISTINE: Jetzt schon –

FRITZ: Dein Vater wird ja bald da sein.

CHRISTINE: Noch lange nicht, Fritz. – Bleib noch – eine Minute – bleib noch –

FRITZ: Und dann hab ich ... der Theodor erwartet mich ... ich hab mit ihm noch was zu sprechen.

CHRISTINE: Heut?

FRITZ: Gewiß heut.

CHRISTINE: Wirst ihn morgen auch sehn!

FRITZ: Ich bin morgen vielleicht gar nicht in Wien.

CHRISTINE: Nicht in Wien? –

FRITZ *ihre Ängstlichkeit bemerkend, ruhig – heiter*: Nun ja, das kommt ja vor? Ich fahr übern Tag weg – oder auch über zwei, du Kind. –

CHRISTINE: Wohin?

FRITZ: Wohin! ... Irgendwohin – Ach Gott, so mach doch kein solches Gesicht ... Aufs Gut fahr ich, zu meinen Eltern ... na ... ist das auch unheimlich?

CHRISTINE: Auch von denen, schau, erzählst du mir nie!

FRITZ: Nein, was du für ein Kind bist ... Du verstehst gar nicht, wie schön das ist, daß wir so vollkommen mit uns allein sind. Sag, spürst du denn das nicht?

CHRISTINE: Nein, es ist gar nicht schön, daß du mir nie etwas von dir erzählst ... Schau, mich interessiert ja alles, was dich angeht, ach ja ... alles – ich möcht mehr von dir haben als die eine Stunde am Abend, die wir manchmal beisammen sind. Dann bist du ja wieder fort, und ich weiß gar nichts ... Da geht dann die ganze Nacht vorüber und ein ganzer Tag mit den vielen Stunden – und nichts weiß ich. Darüber bin ich oft so traurig.

FRITZ: Warum bist du denn da traurig?

CHRISTINE: Ja, weil ich dann so eine Sehnsucht nach dir hab, als wenn du gar nicht in derselben Stadt, als wenn du ganz woanders wärst! Wie verschwunden bist du da für mich, so weit weg ...

FRITZ *etwas ungeduldig*: Aber ...

CHRISTINE: Na schau, es ist ja wahr! ...

FRITZ: Komm daher, zu mir! *Sie ist bei ihm.* Du weißt ja doch nur eins, wie ich – daß du mich in d i e s e m Augenblick liebst ... *Wie sie reden will*: Sprich nicht von Ewigkeit. *Mehr für sich*: Es gibt ja vielleicht Augenblicke, die einen Duft von Ewigkeit um sich sprühen ... Das ist die einzige, die wir verstehen können, die einzige, die uns gehört ... *Er küßt sie. – Pause. – Er steht auf. – Ausbrechend*: Oh, wie schön ist es bei dir, wie schön! ... *Er steht beim Fenster.* So weltfern ist man da, mitten unter den vielen Häusern ... so einsam komm ich mir vor, so mit dir allein ... *Leise*: So geborgen ...

CHRISTINE: Wenn du immer so sprächst ... da könnt ich fast glauben ...

FRITZ: Was denn, Kind?

CHRISTINE: Daß du mich so liebhast, wie ichs mir geträumt hab – an dem Tag, wo du mir den ersten Kuß gegeben hast ... erinnerst du dich daran?

FRITZ *leidenschaftlich*: Ich h a b dich lieb! – *Er umarmt sie; reißt sich los.* Aber jetzt laß mich fort –

CHRISTINE: Reuts dich schon wieder, daß du mirs gesagt hast? Du bist ja frei, du bist ja frei – du kannst mich ja sitzenlassen, wann du willst . . . Du hast mir nichts versprochen – und ich hab nichts von dir verlangt . . . Was dann aus mir wird – es ist ja ganz einerlei – ich bin doch einmal glücklich gewesen, mehr will ich ja vom Leben nicht. Ich möchte nur, daß du das weißt und mir glaubst: Daß ich keinen liebgehabt vor dir und daß ich keinen liebhaben werde – wenn du mich einmal nimmer willst –

FRITZ *mehr für sich*: Sags nicht, sags nicht – es klingt . . . zu schön . . . *Es klopft.*

FRITZ *schrickt zusammen*: Es wird Theodor sein . . .

CHRISTINE *betroffen*: Er weiß, daß du bei mir bist –?

Christine, Fritz. Theodor tritt ein.

THEODOR: Guten Abend. – Unverschämt, was?

CHRISTINE: Haben Sie so wichtige Dinge mit ihm zu besprechen?

THEODOR: Gewiß – und hab ihn schon überall gesucht.

FRITZ *leise*: Warum hast du nicht unten gewartet?

CHRISTINE: Was flüsterst du ihm zu?

THEODOR *absichtlich laut*: Warum ich nicht unten gewartet habe? . . . Ja, wenn ich bestimmt gewußt hätte, daß du da bist . . . Aber da ich das nicht habe riskieren können, unten zwei Stunden auf und ab zu spazieren . . .

FRITZ *mit Beziehung*: Also . . . Du fährst morgen mit m i r ?

THEODOR *verstehend*: Stimmt . . .

FRITZ: Das ist gescheit . . .

THEODOR: Ich bin aber so gerannt, daß ich um die Erlaubnis bitten muß, mich auf zehn Sekunden niederzusetzen.

CHRISTINE: Bitte sehr – *Macht sich am Fenster zu schaffen.*

FRITZ *leise*: Gibts was Neues? – Hast du etwas über sie erfahren?

THEODOR *leise zu Fritz*: Nein. Ich hol dich nur da herunter, weil du leichtsinnig bist. Wozu noch diese überflüssigen Aufregungen? Schlafen sollst du dich legen ... Ruhe brauchst du! ... *Christine wieder bei ihnen.*

FRITZ: Sag, findest du das Zimmer nicht wunderlieb.

THEODOR: Ja, es ist sehr nett ... *Zu Christine*: Stecken Sie den ganzen Tag da zu Haus? – Es ist übrigens wirklich sehr wohnlich. Ein bißchen hoch für meinen Geschmack.

FRITZ: Das find ich grad so hübsch.

THEODOR: Aber jetzt entführ ich Ihnen den Fritz, wir müssen morgen früh aufstehn.

CHRISTINE: Also du fährst wirklich weg?

THEODOR: Er kommt wieder, Fräulein Christin'!

CHRISTINE: Wirst du mir schreiben?

THEODOR: Aber wenn er morgen wieder zurück ist –

CHRISTINE: Ach, ich weiß, er fährt auf länger fort ...

FRITZ *zuckt zusammen.*

THEODOR *der es bemerkt*: Muß man denn da gleich schreiben? Ich hätte Sie gar nicht für so sentimental gehalten ... Dich will ich sagen – wir sind ja per du ... Also ... gebt euch nur den Abschiedskuß, da ihr auf so lang ... *Unterbricht sich.* Na, ich bin nicht da.

Fritz und Christine küssen einander.

THEODOR *nimmt eine Zigarettentasche hervor und steckt eine Zigarette in den Mund, sucht in seiner Überziehertasche nach einem Streichholz. Wie er keins findet*: Sagen Sie, liebe Christine, haben Sie kein Zündholz.

CHRISTINE: O ja, da sind welche! *Auf ein Feuerzeug auf der Kommode deutend.*

THEODOR: Da ist keins mehr. –

CHRISTINE: Ich bring Ihnen eins. *Läuft rasch ins Nebenzimmer.*

FRITZ *ihr nachsehend, zu Theodor*: O Gott, wie lügen solche Stunden!

THEODOR: Na, was für Stunden denn?

FRITZ: Jetzt bin ich nahe dran zu glauben, daß hier mein Glück wäre, daß dieses süße Mädel – *er unterbricht sich* – aber diese Stunde ist eine große Lügnerin ...

THEODOR: Abgeschmacktes Zeug ... Wie wirst du darüber lachen.

FRITZ: Dazu werd ich wohl keine Zeit mehr haben.

CHRISTINE *kommt zurück mit Zündhölzchen*: Hier haben Sie!

THEODOR: Danke sehr ... Also adieu. – *Zu Fritz*: Na, was willst du denn noch? –

FRITZ *sieht im Zimmer hin und her, als wollte er noch einmal alles in sich aufnehmen*: Da kann man sich kaum trennen.

CHRISTINE: Geh, mach dich nur lustig.

THEODOR *stark*: Komm. – Adieu, Christine.

FRITZ: Leb wohl ...

CHRISTINE: Auf Wiedersehn! –

Theodor und Fritz gehen.

CHRISTINE *bleibt beklommen stehen, dann geht sie bis zur Tür, die offensteht; halblaut*: Fritz ...

FRITZ *kommt noch einmal zurück und drückt sie an sein Herz*: Leb wohl! ...

Vorhang

DRITTER AKT

Dasselbe Zimmer wie im vorigen. Es ist um die Mittagsstunde.

Christine allein. Sie sitzt am Fenster; – näht; legt die Arbeit wieder hin. Lina, die neunjährige Tochter Katharinens, tritt ein.

LINA: Guten Tag, Fräul'n Christin'!

CHRISTINE *sehr zerstreut*: Grüß dich Gott, mein Kind, was willst denn?

LINA: Die Mutter schickt mich, ob ich die Karten fürs Theater gleich mitnehmen darf. –

CHRISTINE: Der Vater ist noch nicht zu Haus, Kind; willst warten?

LINA: Nein, Fräul'n Christin', da komm ich nach dem Essen wieder her.

CHRISTINE: Schön. –

LINA *schon gehend, wendet sich wieder um*: Und die Mutter laßt das Fräulein Christin' schön grüßen, und ob s' noch Kopfweh hat?

CHRISTINE: Nein, mein Kind.

LINA: Adieu, Fräul'n Christin'!

CHRISTINE: Adieu! –

Wie Lina hinausgeht, ist Mizi an der Tür.

LINA: Guten Tag, Fräul'n Mizi.

MIZI: Servus, kleiner Fratz!

LINA *ab.*

Christine, Mizi

CHRISTINE *steht auf, wie Mizi kommt, ihr entgegen*: Also sind sie zurück?

MIZI: Woher soll ich denn das wissen?

CHRISTINE: Und du hast keinen Brief, nichts –?

MIZI: Nein.

CHRISTINE: Auch du hast keinen Brief?

MIZI: Was sollen wir uns denn schreiben?

CHRISTINE: Seit vorgestern sind sie fort!

MIZI: Na ja, das ist ja nicht so lang! Deswegen muß man ja nicht solche Geschichten machen. Ich versteh dich gar nicht... Wie du nur aussiehst. Du bist ja ganz verweint. Dein Vater muß dir ja was anmerken, wenn er nach Haus kommt.

CHRISTINE *einfach*: Mein Vater weiß alles. –

MIZI *fast erschrocken*: Was? –

CHRISTINE: Ich hab es ihm gesagt.

MIZI: Das ist wieder einmal gescheit gewesen. Aber natürlich, dir sieht man ja auch gleich alles am Gesicht an. – Weiß er am End auch, wers ist?

CHRISTINE: Ja.

MIZI: Und hat er geschimpft?

CHRISTINE *schüttelt den Kopf*.

MIZI: Also was hat er denn gesagt? –

CHRISTINE: Nichts... Er ist ganz still weggegangen, wie gewöhnlich. –

MIZI: Und doch wars dumm, daß du was erzählt hast. Wirst schon sehn... Weißt, warum dein Vater nichts darüber geredet hat –? Weil er sich denkt, daß der Fritz dich heiraten wird.

CHRISTINE: Warum sprichst du denn davon?

MIZI: Weißt du, was ich glaub?

CHRISTINE: Was denn?

MIZI: Daß die ganze Geschicht mit der Reise ein Schwindel ist.

CHRISTINE: Was?

MIZI: Sie sind vielleicht gar nicht fort.

CHRISTINE: Sie sind fort – ich weiß es. – Gestern abend bin ich an seinem Hause vorbei, die Jalousien sind heruntergelassen; er ist nicht da. –

MIZI: Das glaub ich schon. Weg werden sie ja sein. – Aber

zurückkommen werden sie halt nicht – zu uns wenigstens nicht. –

Christine *angstvoll*: Du –

Mizi: Na, es ist doch möglich! –

Christine: Das sagst du so ruhig –

Mizi: Na ja – ob heut oder morgen – oder in einem halben Jahr, das kommt doch schon auf eins heraus.

Christine: Du weißt ja nicht, was du sprichst... Du kennst den Fritz nicht – er ist ja nicht so, wie du dir denkst – neulich hab ichs ja gesehn, wie er hier war, in dem Zimmer. Er stellt sich nur manchmal gleichgültig – aber er hat mich lieb... *Als würde sie Mizis Antwort erraten*: – Ja, ja – nicht für immer, ich weiß ja – aber auf einmal hört ja das nicht auf –!

Mizi: Ich kenn ja den Fritz nicht so genau.

Christine: Er kommt zurück, der Theodor kommt auch zurück, gewiß!

Mizi *Geste, die ausdrückt: ist mir ziemlich gleichgültig.*

Christine: Mizi... Tu mir was zulieb.

Mizi: Sei doch nicht gar so aufgeregt – also was willst denn?

Christine: Geh du zum Theodor, es ist ja ganz nah, schaust halt vorüber... Du fragst bei ihm im Haus, ob er schon da ist, und wenn er nicht da ist, wird man im Haus vielleicht wissen, wann er kommt.

Mizi: Ich werd doch einem Mann nicht nachlaufen.

Christine: Er brauchts ja gar nicht zu erfahren. Vielleicht triffst ihn zufällig. Jetzt ist bald ein Uhr; – jetzt geht er grad zum Speisen –

Mizi: Warum gehst denn du nicht, dich im Haus vom Fritz erkundigen?

Christine: Ich trau mich nicht – Er kann das so nicht leiden... Und er ist ja sicher noch nicht da. Aber der Theodor ist vielleicht schon da und weiß, wann der Fritz kommt. Ich bitt dich, Mizi!

MIZI: Du bist manchmal so kindisch –

CHRISTINE: Tu's mir zuliebe! Geh hin! Es ist ja doch nichts dabei.

MIZI: Na, wenn dir so viel daran liegt, so geh ich ja hin. Aber nützen wirds nicht viel. Sie sind sicher noch nicht da.

CHRISTINE: Und du kommst gleich zurück ... ja? ...

MIZI: Na ja, soll die Mutter halt mit dem Essen ein bissel warten.

CHRISTINE: Ich dank dir, Mizi, du bist so gut ...

MIZI: Freilich bin ich gut; – jetzt sei aber du vernünftig ... ja? ... also grüß dich Gott!

CHRISTINE: Ich dank dir! – *Mizi geht.*

Christine. Später Weiring.

CHRISTINE *allein. Sie macht Ordnung im Zimmer. Sie legt das Nähzeug zusammen usw. Dann geht sie zum Fenster und sieht hinaus. Nach einer Minute kommt Weiring herein, den sie anfangs nicht sieht. Er ist in tiefer Erregung, betrachtet angstvoll seine Tochter, die am Fenster steht.*

WEIRING: Sie weiß noch nichts, sie weiß noch nichts ... *Er bleibt an der Tür stehen und wagt keinen Schritt weiter zu machen.*

CHRISTINE *wendet sich um, bemerkt ihn, fährt zusammen.*

WEIRING *versucht zu lächeln. Er tritt weiter ins Zimmer hinein*: Na, Christin' ... *Als riefe er sie zu sich.*

CHRISTINE *auf ihn zu, als wollte sie vor ihm niedersinken.*

WEIRING *läßt es nicht zu*: Also ... was glaubst du, Christin'? Wir – *Mit einem Entschluß* – wir werdens halt vergessen, was? –

CHRISTINE *erhebt den Kopf.*

WEIRING: Na ja ... ich – und du!

CHRISTINE: Vater, hast du mich denn heut früh nicht verstanden? ...

WEIRING: Ja, was willst denn, Christin'? ... Ich muß dir doch sagen, was ich darüber denk! Nicht wahr? Na also ...

CHRISTINE: Vater, was soll das bedeuten?

WEIRING: Komm her, mein Kind ... hör mir ruhig zu. Schau, ich hab dir ja auch ruhig zugehört, wie du mirs erzählt hast. – Wir müssen ja –

CHRISTINE: Ich bitt dich, sprich nicht so zu mir, Vater ... wenn du jetzt darüber nachgedacht hast und einsiehst, daß du mir nicht verzeihen kannst, so jag mich davon – aber sprich nicht so ...

WEIRING: Hör mich nur ruhig an, Christin'! Du kannst ja dann noch immer tun, was du willst ... Schau, du bist ja so jung, Christin'. – Hast denn noch nicht gedacht ... *Sehr zögernd*: ... daß das Ganze ein Irrtum sein könnt –

CHRISTINE: Warum sagst du mir das, Vater? – Ich weiß ja, was ich getan hab – und ich verlang ja auch nichts – von dir und von keinem Menschen auf der Welt, wenns ein Irrtum gewesen ist ... Ich hab dir ja gesagt, jag mich davon, aber ...

WEIRING *sie unterbrechend*: Wie kannst denn so reden ... Wenns auch ein Irrtum war, ist denn da gleich eine Ursach zum Verzweifeltsein für so ein junges Geschöpf, wie du eins bist? – Denk doch nur, wie schön, wie wunderschön das Leben ist. Denk nur, an wie vielen Dingen man sich freuen kann, wieviel Jugend, wieviel Glück noch vor dir liegt ... Schau, ich hab doch nicht mehr viel von der ganzen Welt, und sogar für mich ist das Leben noch schön – und auf so viel Sachen kann ich mich noch freuen. Wie du und ich zusammen sein werden – wie wir uns das Leben einrichten wollen – du und ich ... wie du wieder – jetzt, wenn die schöne Zeit kommt, anfangen wirst zu singen, und wie wir dann, wenn die Ferien da sind, aufs Land hinausgehen werden ins Grüne, gleich auf den ganzen Tag – ja – oh, so viele schöne Sachen gibts ... so viel. – Es ist ja unsinnig, gleich alles aufzugeben, weil man sein erstes Glück hingeben muß oder irgendwas, das man dafür gehalten hat –

Christine *angstvoll*: Warum ... muß ichs denn hingeben ...?

Weiring: Wars denn eins? Glaubst denn wirklich, Christin', daß du's deinem Vater erst heut hast sagen müssen? Ich habs längst gewußt! – Und auch, daß du mirs sagen wirst, hab ich gewußt. Nein, nie wars ein Glück für dich! ... Kenn ich denn d i e Augen nicht? Da wären nicht so oft Tränen drin gewesen, und die Wangen da wären nicht so blaß geworden, wenn du einen liebgehabt hättest, ders verdient.

Christine: Wie kannst du das ... Was weißt du ... Was hast du erfahren?

Weiring: Nichts, gar nichts ... aber du hast mir ja selbst erzählt, was er ist ... So ein junger Mensch – Was weiß denn der? – Hat denn der nur eine Ahnung von dem, was ihm so in den Schoß fällt – weiß denn der den Unterschied von echt und unecht – und von deiner ganzen unsinnigen Lieb – hat er denn von der was verstanden?

Christine *immer angstvoller*: Du hast ihn ... – Du warst bei ihm?

Weiring: Aber was fällt dir denn ein! Er ist ja weggefahren, nicht? Aber Christin', ich hab doch noch meinen Verstand, ich hab ja meine Augen im Kopf! Schau, Kind, vergiß drauf! Vergiß drauf! Deine Zukunft liegt ja ganz woanders! Du kannst, du wirst noch so glücklich werden, als du's verdienst. Du wirst auch einmal einen Menschen finden, der weiß, was er an dir hat –

Christine *ist zur Kommode geeilt, ihren Hut zu nehmen.*

Weiring: Was willst du denn? –
Christine: Laß mich, ich will fort ...
Weiring: Wohin willst du?
Christine: Zu ihm ... zu ihm ...
Weiring: Aber was fällt dir denn ein ...
Christine: Du verschweigst mir etwas
– laß mich hin. –

} *sehr rasch*

WEIRING *sie fest zurückhaltend*: So komm doch zur Besinnung, Kind. Er ist ja gar nicht da ... Er ist ja vielleicht auf sehr lange fortgereist ... Bleib doch bei mir, was willst du dort ... Morgen oder am Abend schon geh ich mit dir hin. So kannst du ja nicht auf die Straße ... weißt du denn, wie du ausschaust ...?

CHRISTINE: Du willst mit mir hingehn –?

WEIRING: Ich versprech dirs. – Nur jetzt bleib schön da, setz dich nieder und komm wieder zu dir. Man muß ja beinah lachen, wenn man dich so anschaut ... für nichts und wieder nichts. Hältst du's denn bei deinem Vater gar nimmer aus?

CHRISTINE: Was w e i ß t du?

WEIRING *immer ratloser*: Was soll ich denn wissen ... ich weiß, daß ich dich liebhab, daß du mein einziges Kind bist, daß du bei mir bleiben sollst – daß du immer bei mir hättest bleiben sollen –

CHRISTINE: Genug ––– laß mich – *Sie reißt sich von ihm los, macht die Tür auf, in der Mizi erscheint.*

Weiring, Christine, Mizi. Dann Theodor.

MIZI *schreit leise auf, wie Christine ihr entgegenstürzt*: Was erschreckst du mich denn so ...

CHRISTINE *weicht zurück, wie sie Theodor sieht.*

THEODOR *in der Tür stehenbleibend, ist schwarz gekleidet.*

CHRISTINE: Was ... was ist denn ... *Sie erhält keine Antwort; sie sieht Theodor ins Gesicht, der ihren Blick vermeiden will.* Wo ist er, wo ist er? ... *In höchster Angst – sie erhält keine Antwort, sieht die verlegenen und traurigen Gesichter*: Wo ist er? *Zu Theodor*: So sprechen Sie doch!

THEODOR *versucht zu reden.*

CHRISTINE *sieht ihn groß an, sieht um sich, begreift den Ausdruck der Mienen und stößt, nachdem in ihrem Gesicht sich das allmähliche Verstehen der Wahrheit kund-*

gegeben, einen furchtbaren Schrei aus: Theodor! ... Er ist ...

THEODOR *nickt.*

CHRISTINE, *sie greift sich an die Stirn, sie begreift es nicht, sie geht auf Theodor zu, nimmt ihn beim Arm – wie wahnsinnig*: ... Er ist ... tot ...? ... *Als frage sie sich selbst.*

WEIRING: Mein Kind –

CHRISTINE *wehrt ihn ab*: So sprechen Sie doch, Theodor.

THEODOR: Sie wissen alles.

CHRISTINE: Ich weiß nichts ... Ich weiß nicht, was geschehen ist ... glauben Sie ... ich kann jetzt nicht alles hören ... wie ist das gekommen ... Vater ... Theodor ... *Zu Mizi*: Du weißts auch ...

THEODOR: Ein unglücklicher Zufall –

CHRISTINE: Was, was?

THEODOR: Er ist gefallen.

CHRISTINE: Was heißt das: Er ist ...

THEODOR: Er ist im Duell gefallen.

CHRISTINE, *Aufschrei*: Ah! ... *Sie droht umzusinken, Weiring hält sie auf, gibt dem Theodor ein Zeichen, er möge jetzt gehen.*

CHRISTINE *merkt es, faßt Theodor*: Bleiben Sie ... Alles muß ich wissen. Meinen Sie, Sie dürfen mir jetzt noch etwas verschweigen ...

THEODOR: Was wollen Sie weiter wissen?

CHRISTINE: Warum – warum hat er sich duelliert?

THEODOR: Ich kenne den Grund nicht.

CHRISTINE: Mit wem, mit wem –? Wer ihn umgebracht hat, das werden Sie ja wohl wissen? ... Nun, nun –

THEODOR: Niemand, den Sie kennen ...

CHRISTINE: Wer, wer?

MIZI: Christin'!

CHRISTINE: Wer? Sag du mirs – *zu Mizi*: ... Du, Vater! *Keine Antwort. Sie will fort. Weiring hält sie zurück.*

Ich werde doch erfahren dürfen, wer ihn umgebracht hat, und wofür –!

THEODOR: Es war ... ein nichtiger Grund ...

CHRISTINE: Sie sagen nicht die Wahrheit ... Warum, warum ...

THEODOR: Liebe Christine ...

CHRISTINE, *als wollte sie unterbrechen, geht sie auf ihn zu – spricht anfangs nicht, sieht ihn an und schreit dann plötzlich*: Wegen einer Frau?

THEODOR: Nein –

CHRISTINE: Ja – für eine Frau ... *zu Mizi gewendet* – für diese Frau – für diese Frau, die er geliebt hat – Und ihr Mann – ja, ja, ihr Mann hat ihn umgebracht ... Und ich ... was bin denn ich? Was bin denn ich ihm gewesen ...? Theodor ... haben Sie denn gar nichts für mich ... hat er nichts niedergeschrieben ...? Hat er Ihnen kein Wort für mich gesagt ...? Haben Sie nichts gefunden ... einen Brief ... einen Zettel –

THEODOR *schüttelt den Kopf.*

CHRISTINE: Und an dem Abend ... wo er da war, wo Sie ihn da abgeholt haben ... da hat ers schon gewußt, da hat er gewußt, daß er mich vielleicht nie mehr ... Und er ist von da weggegangen, um sich für eine andere umbringen zu lassen – Nein, nein – es ist ja nicht möglich ... hat er denn nicht gewußt, was er für mich ist ... hat er ...

THEODOR: Er hat es gewußt. – Am letzten Morgen, wie wir hinausgefahren sind ... hat er auch von Ihnen gesprochen.

CHRISTINE: Auch von mir hat er gesprochen! Auch von mir! Und von was denn noch? Von wieviel andern Leuten, von wieviel anderen Sachen, die ihm grad soviel gewesen sind wie ich? – Von mir auch! O Gott! ... Und von seinem Vater und von seiner Mutter und von seinen Freunden und von seinem Zimmer und vom Frühling und von der Stadt und von allem, von allem, was so mit dazu gehört hat zu seinem Leben und was er grad so hat verlassen müssen wie mich ... von allem hat er mit Ihnen gesprochen ... und auch von mir ...

Theodor *bewegt*: Er hat Sie gewiß liebgehabt.

Christine: Lieb! – Er? – Ich bin ihm nichts gewesen als ein Zeitvertreib – und für eine andere ist er gestorben –! Und ich – hab ihn angebetet! – Hat er denn das nicht gewußt? ... Daß ich ihm alles gegeben hab, was ich ihm hab geben können, daß ich für ihn gestorben wär – daß er mein Herrgott gewesen ist und meine Seligkeit – hat er das gar nicht bemerkt? Er hat von mir fortgehen können, mit einem Lächeln, fortgehen aus diesem Zimmer und sich für eine andere niederschießen lassen ... Vater, Vater – verstehst du das?

Weiring: Christin'! *Bei ihr.*

Theodor *zu Mizi*: Schau, Kind, das hättest du mir ersparen können ...

Mizi *sieht ihn bös an.*

Theodor: Ich hab genug Aufregungen gehabt ... diese letzten Tage ...

Christine *mit plötzlichem Entschluß*: Theodor, führen Sie mich hin ... ich will ihn sehn – noch einmal will ich ihn sehn – das Gesicht – Theodor, führen Sie mich hin.

Theodor *wehrt ab, zögernd*: Nein ...

Christine: Warum denn nein? – Das können Sie mir doch nicht verweigern? – Sehn werd ich ihn doch noch einmal dürfen –?

Theodor: Es ist zu spät.

Christine: Zu spät? – Seine Leiche zu sehn ... ist es zu spät? Ja ... ja – *Sie begreift nicht.*

Theodor: Heut früh hat man ihn begraben.

Christine *mit dem höchsten Ausdruck des Entsetzens*: Begraben ... Und ich habs nicht gewußt? Erschossen haben sie ihn ... und in den Sarg haben sie ihn gelegt und hinausgetragen haben sie ihn und in die Erde haben sie ihn eingegraben – und ich hab ihn nicht noch einmal sehen dürfen? – Zwei Tage lang ist er tot – und Sie sind nicht gekommen und habens mir gesagt –?

THEODOR *sehr bewegt*: Ich hab in diesen zwei Tagen ... Sie können nicht ahnen, was alles in diesen zwei Tagen ... Bedenken Sie, daß ich auch die Verpflichtung hatte, seine Eltern zu benachrichtigen – ich mußte an sehr viel denken – und dazu noch meine Gemütsstimmung ...

CHRISTINE: Ihre ...

THEODOR: Auch hat das ... es hat in aller Stille stattgefunden ... Nur die allernächsten Verwandten und Freunde ...

CHRISTINE: Nur die nächsten –! Und ich –? ... Was bin denn ich? ...

MIZI: Das hätten die dort auch gefragt.

CHRISTINE: Was bin denn ich –? Weniger als alle andern –? Weniger als seine Verwandten, weniger als ... Sie?

WEIRING: Mein Kind, mein Kind. Zu mir komm, zu mir ... *Er umfängt sie. Zu Theodor*: Gehen Sie ... lassen Sie mich mit ihr allein!

THEODOR: Ich bin sehr ... *Mit Tränen in der Stimme*: Ich hab das nicht geahnt ...

CHRISTINE: Was nicht geahnt? – Daß ich ihn g e l i e b t habe? – *Weiring zieht sie an sich; Theodor sieht vor sich hin. Mizi steht bei Christine.*

CHRISTINE *sich von Weiring losmachend*: Führen Sie mich zu seinem Grab!

WEIRING: Nein, nein –

MIZI: Geh nicht hin, Christin' –

THEODOR: Christine ... später ... morgen ... bis Sie ruhiger geworden sind –

CHRISTINE: Morgen? – Wenn ich ruhiger sein werde?! – Und in einem Monat ganz getröstet, wie? – Und in einem halben Jahr kann ich wieder lachen, was –? *Auflachend*: Und wann kommt denn der nächste Liebhaber? ...

WEIRING: Christin' ...

CHRISTINE: Bleiben Sie nur ... ich find den Weg auch allein ...

WEIRING: Geh nicht.

MIZI: Geh nicht.

CHRISTINE: Es ist sogar besser ... wenn ich ... Laßt mich, laßt mich.

WEIRING: Christin', bleib ...

MIZI: Geh nicht hin! – Vielleicht findest du grad die andere dort – beten.

CHRISTINE *vor sich hin, starren Blickes*: Ich will dort nicht beten ... nein ... *Sie stürzt ab ... die anderen anfangs sprachlos.*

WEIRING: Eilen Sie ihr nach.

Theodor und Mizi ihr nach.

WEIRING: Ich kann nicht, ich kann nicht ... *Er geht mühsam von der Tür bis zum Fenster.* Was will sie ... was will sie ... *Er sieht durchs Fenster ins Leere.* Sie kommt nicht wieder – sie kommt nicht wieder! *Er sinkt laut schluchzend zu Boden.*

Vorhang

Marilyn French PS 4007
Beyond Power GC 5600 FRE
War against women GC 5600
David Lodge PR 7035
Lolita Vladimir Nabokov
Anna Karena PS 4675
Tolstoi
PG 2789
Naomi Wolf
The Beauty Myth
Rita Freedman
Beauty Bound GC 5600
Hartmut Scheible
Reigen 65 - 70
Barbara Gutt
15-31
Die Dirne
Das süße Mädel

to

from

NACHWORT

Zu den angenehmen Überraschungen, die dem deutschen Publikum noch bevorstehen, gehört das Werk Arthur Schnitzlers. Es hat es in den letzten Jahren an Entdekkungsfreudigkeit nicht fehlen lassen. Nacheinander ist eine stattliche Anzahl bedeutender literarischer Gestalten aus dem Dunkel der zwölfjährigen Sonnenfinsternis hervorgetreten, so daß manche sich schon zu fragen beginnen, ob wir nicht in den Jahren zwischen 1890 und 1930 eine der großen Epochen der deutschen Kultur hinter uns liegen haben, übertroffen nur noch durch die, die den Namen Goethes trägt. Auch Schnitzler ist jetzt dreißig Jahre tot, und nichts steht mehr dem Eingeständnis im Wege, daß wir in ihm einen Dichter von überzeitlichem Rang besessen haben. Er ist uns unentbehrlich aus dem gleichen Grund, aus dem er es schwerer haben wird als andere, uns davon zu überzeugen.

In Deutschland haben immer die geistigen Ringer und Gewichtheber, die Tiefschürfenden und die Hochfliegenden, die Pauken- und Schaumschläger leichteres Spiel gehabt als diejenigen, die nichts weiter aufzuweisen haben, als daß sie schreiben und denken und gestalten können. Die Pathetiker zählten immer mehr als die Ironiker, die Lyriker mehr als die Prosaisten, die Tragiker mehr als die Komiker, die Philosophen mehr als die Psychologen. Das Auftrumpfen und die großen Worte standen immer höher im Kurs als das, was die Angelsachsen als »understatement« und als »innuendo« bezeichnen, also das Verhaltene und das Ungesagte. Das geschriebene Wort genoß immer höheres Ansehen als das gesprochene, und die Sprache der Spekulation oder der Suggestion fand ein dankbareres Publikum als die Sprache der Konversation.

Mit all dem ist erklärt, warum Schnitzler bei uns einen

schwereren Stand hat als andere und warum wir ihn nötiger brauchen. Er ist einer unserer wenigen Meister des Gesprächs, des witzigen Dialogs sowohl wie der zwanglosen Plauderei, in der die Redenden sich unfreiwillig entblößen durch das, was sie sagen und was sie nicht sagen, und nicht nur unfreiwillig verraten, was sie wissen, sondern auch, was sie selbst nicht wissen. Das gilt nur als eine Kleinkunst, aber es ist keine kleine Kunst. Sie ist das Medium des Dramas, aber nichts fällt unseren Dramatikern schwerer, zu schreiben, und unseren Schauspielern, zu sprechen. Sie ist das Medium Schnitzlers, nicht nur des Schöpfers der »süßen Mädels« und der melancholischen Lebemänner, für die er berühmt gewesen ist, sondern auch des Seelenzergliederers und Sittenschilderers, des Gesellschaftskritikers und Wahrheitsfanatikers, als der er berühmt zu werden verdient.

Die beiden kleinen Stücke, die hier miteinander gesellt sind, sein berühmtestes und sein berüchtigstes, scheinen sich schlecht miteinander zu vertragen: die gemütvolle ›Liebelei‹ und der ungemütliche ›Reigen‹, die rührende Tragödie und das »zynische« Satyrspiel, das eine ein Volksstück, gesättigt mit Lokalkolorit – es gibt keine Dichtung, in der mehr Wiener Luft wehte – mit allen öffentlichen Ehren im Burgtheater aufgeführt, das andere als Konterbande lange im Schreibtisch des Dichters versteckt und von Ärgernissen und Skandalen umwittert. Und doch sind sie in engster Nachbarschaft entstanden, das eine von dem Zweiunddreißigjährigen 1894 verfaßt, das andere nur zwei oder drei Jahre später. Sie haben noch mehr miteinander zu schaffen.

Nicht allerdings dies, was der Titel ›Liebelei‹ anzukündigen scheint. Denn wenn das Stück mit dem Tod des Liebespaares geendet hat, entdeckt man die ungeschriebenen Anführungszeichen, das stumme Fragezeichen bei dem leichtfertigen Wort. Aber ist es darum eine rührende

Weise von Liebe und Tod, eine bitter-süße Melodei? So hat man es haben wollen. Aber Fritz und Christine sind nicht Tristan und Isolde, und wenn sie sterben müssen, dann sterben sie darum keinen Liebestod, keinen Tod miteinander und keinen umeinander und darum keinen erhebenden und tröstlichen Tod. Wenn es eine Liebe ist, um deretwillen Fritz in den Tod geht, dann ist es eine Liebe zu einer anderen, schlimmer noch, eine Liebe von gestern, die vielleicht einmal eine große Leidenschaft war mit allen Delirien und Ekstasen, die aber innerlich schon erledigt und überholt ist und aufgehört hat, ein Glück zu sein, seit sie in das aufreibende Stadium der Agonie eingetreten ist, die sich aber im Sterben noch einmal aufrichtet und in dem Moment, in dem er sich schon gerettet glauben durfte durch die gesunde und undramatische Liebelei mit Christine, ihn zwischen Tür und Angel noch einholt und mit sich reißt in den Tod. Eine tote und doch noch tödliche Liebe gewiß – aber ein Liebestod? Und war diese Liebe überhaupt einen Tod wert? Hier wird sinnlos teuer bezahlt und grausam spät einkassiert.

Und Christine? So furchtbar der Schmerz ist, daß sie den Geliebten verloren hat, sie würde ihn überleben können. Sie hat sich ja nie Illusionen gemacht, daß es für immer sein könnte, sie hat gewußt, daß sie ihn einmal würde hergeben müssen. Aber daß er gestorben ist wegen einer anderen Frau und daß sie es noch nicht einmal hat wissen dürfen, daß sie so wenig dazugehört hat zu seinem Leben, sie, für die er alles gewesen ist, daß sie ganz allein gewesen ist mit ihrer großen Liebe, daß das, was für sie die erste und die einzige Liebe gewesen ist, für ihn nichts gewesen ist als eine Liebelei, nicht die erste und kaum die letzte, das will sie nicht begreifen, und wenn sie es begriffen hat, kann sie es nicht überleben. »Und wann kommt der nächste Liebhaber?« – in dieser gellenden Frage reißt ein Abgrund des Grauens auf, die Ahnung der Wiederholbarkeit des Unwiederholbaren. Ist so das Leben? Dann mögen die Mizis, die Theodors sich damit abfinden, sie will damit nichts mehr zu schaffen haben. Todesursache Liebe? Nein: Liebelei.

Hätte sie doch besser getan, auf die Warnung der falschen Kathrin zu hören und sich mit einer braven Ehe bescheiden? Hätte ihr Vater, der alte Weiring, sie doch lieber behüten sollen, wie er seine Schwester zeitlebens behüten zu müssen geglaubt hat? Dann wäre ihr freilich das Glück versagt geblieben, aber auch der Tod erspart. Oder hätte sie es besser halten sollen wie ihre Freundin, die Schlager-Mizi, die sich so leichtherzig von Hand zu Hand reichen läßt?

Dies, wovor die arme Christine sich zum Tode entsetzt, die Wiederholbarkeit des Unwiederholbaren, nichts anderes ist das Thema des ›Reigen‹. Es ist ein Meisterstück des strengen Satzes. Zehn Personen bilden seine Choreographie. Zehnmal formen diese zehn Personen ein Paar. Zehnmal steigt die Temperatur vom Nullpunkt zum Siedepunkt und sinkt wieder zum Nullpunkt herab, und indem nach jeder Paarung der eine Partner ausgetauscht wird, wird eine Stufenleiter erklommen und wieder abgestiegen, die von der Venus Meretrix, der käuflichen Liebe, hinaufführt zur Venus Matrimonialis, der ehelichen Liebe, und wieder hinunter zu dem Punkt, von wo sie ausgegangen ist.

Der Dichter gönnt den Personen keine Namen, durch die sie sich als einmalige Wesen ausweisen. Nach der Art der späteren Expressionisten nennt er sie: Die Dirne, Der Soldat, Das Stubenmädchen, Der junge Herr, Die junge Frau, Der Gatte, Das süße Mädel, Der Dichter, Die Schauspielerin, Der Graf. Wie die Figuren des Puppentheaters, wie die Gestalten des Totentanzes sind sie Typen. Und wie die Marionetten reagieren sie, an unsichtbaren Fäden gezogen, gleich auf die gleichen Anreize oder Antriebe. So himmelweit sind die junge Frau und die Dirne, der Ehegatte und der Soldat gar nicht voneinander unterschieden. Es läuft immer auf die gleiche Verrichtung hinaus. Die feineren Leute unterscheiden sich von den gewöhnlicheren höchstens durch die Umstände, die sie dabei machen zu müssen glauben, das ganze Brimborium von Prätentionen und Fiktionen, das sie sich schuldig zu sein glauben – und der Dichter hat in diesem Rahmen ein ganzes Pandämonium entfesselt, nicht eine Dantesche Hölle der großen Laster, nur ein Pandämonium der kleinen Falschheiten und Feigheiten, Dummheiten und Eitelkeiten, Kleinlichkeiten und Herzlosigkeiten. Aber so sehr sie auf ihr schäbiges bißchen Person pochen, so widerstandslos lassen sie sich doch zuletzt in den gleichen Schlund hineinziehen, in dem das Licht erlischt und die Stimme erstickt, um sich ebenso unerbittlich wieder hinausgespien zu finden in die Nüchternheit ihres Bewußtseins und befriedigt wieder Besitz zu ergreifen von der Fiktion ihrer Person. So verschieden sie erscheinen, so verschieden sie sich anstellen, so brutal oder so sublim, sobald sie in diesen Sog geraten, sind sie einander gleich wie der Kaiser und der Bettler vor dem Tod des Totentanzes.

Zehnmal wiederholt sich der makabre Tanz, das Zieren und Spreizen, das Girren und Kosen, zehnmal das Auf und Ab der Skalen von Werbung, Lockung, Paarung, Sättigung und Ernüchterung, und am Ende sind wir wieder da angelangt, wo es angefangen hatte, und es ist nichts als die Barmherzigkeit des Vorhangs, die das Spiel verhindert, wieder von vorne zu beginnen. Der Reigen ist ohne Ende und wird sich wiederholen, solange die Welt nicht untergeht.

Wenn dieser Karussellbetrieb den Mitwirkenden so vergnüglich erscheint, dann ist es, weil sie es nicht wissen – wenn auch vielleicht ahnen (denn was sonst bedeutete das argwöhnische Forschen nach Vorgängern und das ängstliche Lauern auf Nachfolger, der ganze Ehrgeiz und Anspruch, der Erste und Einzige zu sein, als das Zittern um die Illusion der Einmaligkeit und Ewigkeit?) Der Zuschauer dieses Narrenspiels aber sieht nur das Fadenscheinige aller dieser Prätentionen und das Mechanische der Wiederholung.

Das ist gewiß komisch, aber nicht in irgendeinem erheiternden oder erhebenden Sinn, eine Komödie für Götter mehr als für uns arme Menschenkinder, die ja in diesem Spiel nicht nur vor der Bühne, sondern auch auf der Bühne sitzen. Unerfindlich ist nur, wie man dieses Stück als unmoralisch hat denunzieren können. Weit entfernt, den Appetit auf amoureuse Betätigung zu wetzen, ist es vielmehr geeignet, ihn gründlich zu verderben. Es ist das Werk eines Moralisten, nicht eines Epikureers, ein Werk der Entlarvung, der Entzauberung, unbarmherzig und todernst, und im Vergleich dazu erscheint die ›Liebelei‹ immer noch als ein menschenfreundliches und trostreiches Stück.

Die Tragödie und das Satyrspiel, durch eine Welt getrennt, liegen auf den entgegengesetzten Enden der gleichen Achse. Sie behandeln zwei Aspekte der Sache, die unsere Sprache weitherzig genug ist, mit dem gemeinsamen Namen ›Liebe‹ zu bezeichnen. Sie sind nicht so gemeint, daß das eine das andere widerriefe. Man soll sie nicht nacheinander, sondern sozusagen nebeneinander lesen. Der Dichter würde sich vollauf verstanden fühlen, wenn man daraus entnähme, daß die Sache, die sie behandeln, auch ihre ernsten Seiten hat und wenn von dieser Beobachtung eine gewisse Beunruhigung ausginge.

Richard Alewyn